ハヤカワ文庫JA

〈JA1346〉

〈TSUBURAYA × HAYAKAWA UNIVERSE 03〉

ウルトラマンF

小林泰三

早川書房

8242

目　次

〈TSUBURAYA × HAYAKAWA UNIVERSE 03〉

ウルトラマンF

挿絵　増田幹生

自分は何者なのだろう？
早田《はやた》進《しん》は自問した。
彼だけがウルトラマンを知らなかった。
あの日、パトロール中だった彼は突如現れた赤い球体に衝突した。
その後の記憶は曖昧模糊《あいまいもこ》としていた。
何か巨大なものと対峙した。
ぼんやりとしたそんな記憶がある。
時間の経過の感覚はあった。
なんとなく長い夢を見ているようだったのを覚えている。
だが、ウルトラマンを見た記憶もウルトラマンになった記憶も全くなかった。
次に目覚めたとき、あの赤い球体を再び見た。

そして、なぜか激しい喪失感に襲われた。


早田はここしばらくの間の記憶がないことを隊長である村松《むらまつ》に打ち明けた。

きっと、頭を打つか何かをして一時的に記憶障害になったんだろう。

村松は笑って言った。

だが、数日の療養の後、早田は特別研究班の尋問を受けることになった。


ちょうど早田の記憶が途切れている期間、地球には未知の宇宙人が滞在していた。

コードネームは「ウルトラマン」。

早田自身が名付けたという。

ウルトラマンは突如現れては人類に危害をなす怪獣や宇宙人と戦った。

その行動からみて、ウルトラマンは人類に対し好意的だと推測された。

だが、その真意がわかるはずはない。


早田は科学特捜隊が保有する膨大な記録から彼自身の行動記録を見せられた。

そして、ウルトラマンの出現記録も。

ウルトラマンが出現しているときに早田が目撃されたことは一度もなかった。

ウルトラマンの出現と早田の間に関係がないという帰無仮説は有意水準を一億分の一とし

ても棄却される。
科特隊本部はウルトラマンを彼の変身であると推定していた。
だが、早田は何も覚えていなかった。

ウルトラマンはすでに死んだ自分に生命を分け与えてくれたのではないか？
最初にあの赤い球体と衝突したとき、すでに自分は死んでいたのではないだろうか？
では、なぜ自分は生きていられるんだろうか？
そして、同胞に連れられ、宇宙へと帰っていった。
ウルトラマンはゼットンという怪獣に敗れ、死亡したと考えられている。

ウルトラマンは死んだのだろうか？
もし、そうなら自分は彼に命を返さなければならない。
人々は彼をヒーローだと言い、感謝の言葉を述べた。
だが、もうここにウルトラマンがいないのなら、自分に何の価値があるだろう。
自分は何者だったのか？
そして、今、自分は何者なのだろう？

一年の時が過ぎ、季節は廻《めぐ》り、早田は問い続けた。

僕はヒーローなのだろうか？
僕はヒーローじゃない。
僕はヒーローなのだろうか？

第１章　怪獣兵器

　その個体はゴモラにそっくりだった。

「これはゴモラなのか？」井手光弘《いでみつひろ》は呆然として呟いた。

　だが、大きさは全く違っていた。古代怪獣ゴモラは身長四〇メートルのはずが、目の前の個体はたかだか四メートルほどだった。もちろん、常識的な生物の範疇で考えるなら、極めて巨大だったが、怪獣としては異様に小さい。

「井手隊員、判断願います。これは怪獣ですか？　通常の野生動物ですか？」アーマー――特殊装甲に包まれた機動部隊員が光弘に問い掛けた。「怪獣なら、攻撃を開始しなければなりません」

「ちょっと待ってくれ。今、分析中だ」

　光弘の所属する村松班は司令部直属の精鋭チームであるため、今回のように他の部隊の指揮代行を任されることは多々あった。

アーマーを着こんだ機動部隊員は全部で五名、遠巻きに巨大生物を取り囲んでいる。ただし、指揮代行である光弘自身はアーマーを装着していない。個人ごとの微調整が必須であるため、臨時の機動部隊員には支給されないのだ。

アーマーは日本の戦国武将の甲冑《かっちゅう》よりは、中世騎士のそれに似ていた。大きく違うところは剣も槍も持っておらず、左右の腕の部分に直接銃器が数本、脚に噴射装置が取り付けられているところだが、その他にも様々なセンサや発射装置などが装備されており、全体的にはややごちゃごちゃした印象だ。

彼らは腕部の銃で、近付きつつある巨大生物を狙いながら、少しずつ後退していた。

ここは市街地の公園だ。突然、築山を崩して怪獣が現れたと通報があったのは三〇分前。光弘が率いる対怪獣機動部隊が到着したのは、その一五分後だった。

もし、通報通り怪獣であると認められた場合は、アーマーの武器で速やかに殺処分しなくてはならない。これは法律で定められた処置だ。だが、怪獣でない通常生物であるなら、自然保護の対象となる。

これに対して、怪獣だって、野生動物であることには違いないだろうという反論はある。しかし、怪獣はその特徴――体長・体重・保有武器・移動能力などの点において、通常の生物の概念を遥かに凌駕している。現代の生物学の理論においては、進化の過程でこのような怪獣が発生する機序については全く説明できないのだ。多くの科学者は怪獣は通常の概念における生物ではないと考え始めている。しかも、怪獣の出現はここ数十年に限られている。

もちろん超古代において出現していた痕跡は無数にあるが、歴史時代の殆《ほとん》どにおいて怪獣は稀《まれ》な存在であった。怪獣が頻繁に出没するようになった理由については未だ解明されていないが、背後に侵略宇宙人のような悪意を持った存在を推測する者も多くいる。

通常の生物と較べて怪獣は桁外れに危険だ。一頭が数時間暴れるだけで、都市に巨大地震や核兵器並みのダメージを与えることができるのだ。放置などしたら、人類の存亡にかかわる。見付け次第、最大限の攻撃で速やかに殲滅《せんめつ》しなければならない。

確かに、目の前の巨大生物はゴモラにそっくりだ。だが、それだけを以て、怪獣だと断定してよいものだろうか？

怪獣の中には、通常生物がなんらかの変異を遂げて怪獣化したものが多く存在する。たとえば、巨猿ゴローや、モグラ怪獣モングラー、そして変身人間巨人は、通常の猿や土竜《もぐら》や人だったと考えられている。ひょっとすると、ゴモラも同じようになんらかの通常生物から変異したのかもしれない。目の前の巨大生物はそのようなゴモラの原型たる巨大生物である可能性もある。もしそうなら、殺処分などしたら、信じ難いほどの非難を受けることだろう。

一方で、ゴモラの幼体である可能性も依然として高い。もしゴモラの幼体が公園から出て市街地で暴れまくったら、数百人、数千人単位の犠牲者が出る可能性がある。

安全策をとるなら、この場で殺処分すべきだろう。もし通常生物だった場合の責めは自分一人で引き受ければいい。

光弘はそう決心しかかった。

だが、その時、光弘は巨大生物の目に気付いた。それは悲しみに満ちていた。まるで、どうか生き延びさせてくれと、懇願しているかのように感じた。

「攻撃開始ですか、井手隊員？」機動部隊員が再度尋ねた。

「もう少し待ってください」

何か決め手があるはずだ。もし光線を出したり、火炎を噴いたりすれば、その時点で怪獣だと判断できる。だが、ゴモラの武器は角と尻尾だ。通常生物とは非常に区別し辛い。怪獣は通常兵器を寄せ付けない。皮膚をバリヤーで覆っているとか、細胞一つ一つがバリヤーに包まれているとか、超再生能力があるとか、そもそも怪獣の肉体を構成するものは通常の物質でないので通常兵器では傷付けられないとか、様々な説が唱えられていて、未だに結論は出ていないが、通常兵器を無効化するのはほぼ間違いない。機関銃などの通常兵器で攻撃すれば、判断はできるだろう。だが、もしこの個体が通常生物であったなら、その時点で傷付けてしまうことになる。

まだだ。気付いていない何かがあるはずだ。

ゴモラめいた巨大生物は咆哮《ほうこう》しながら、ゆっくりと公園出口に向かって進んでいる。光弘は機動部隊員たちと共に、巨大生物に狙いを定めつつ、移動を続けた。

「井手隊員、もう公園から出てしまいます。判断をお願いします」機動部隊員が言った。

「住民の避難はすでに完了しているはずです。もう少し時間をください」光弘はまだ判断に
「総員、攻撃用意」

迷っていた。

「人的被害がなくても、いったん怪獣が暴れ出したら、被害は甚大になります。決断をお願いします」

光弘は唇を嚙んだ。

とりあえず通常生物と仮判定して様子を見るか？

だが、通常生物と判断した場合は捕獲部隊に引き継がなければならないのだ。もし判断ミスで怪獣だった場合は、捕獲部隊は壊滅の危険すらある。

「スーパーガンに麻酔弾をセットしてください」光弘は決断した。

「レベルは？」

「マイナスレベルでお願いします」

「マイナスレベル？　せめてゼロレベルでないと、怪獣は眠りませんよ」

「だが、もしあいつが通常生物だった場合、ゼロレベルは強過ぎます。細胞が広範囲に亘《わた》って壊死《えし》してしまいます」

すでに巨大生物は歩道に一歩踏み出していた。

「麻酔弾発射！」ついに光弘は指示した。

機動部隊員は手の甲に仕掛けられた麻酔銃を巨大生物目掛けて発射した。

麻酔弾は巨大生物の頸部に命中した。

巨大生物の動きが止まった。

「そのまま待機！」光弘は叫んだ。

巨大生物はゆっくりと目を閉じた。

光弘はほっと胸を撫で下ろした。笑みが漏れる。

よかった。通常生物だったんだ。

だが、次の瞬間、巨大生物は目を見開いた。

そして、凄まじい閃光が周囲を包んだ。

巨大生物の鼻の角の先から光線のようなものが放たれたのだ。それは麻酔弾を撃った機動部隊員に向かっていた。

幸いなことにそれは機動部隊員の脇を掠《かす》り、背後の地面に命中した。

実際には、単純な破壊光線ではなかったのだが、現場にいた人間は怪光線が発射されたと認識した。正確に何が起こったのかは、後になって記録を確認するまで誰にもわからなかった。

ゴモラめいた巨大生物はそのまま角を振り上げたため、奇怪な光線は地面を舐めながら進んだ。

アスファルトは砕け散り、土壌が融解し、ぐつぐつと沸騰しながら、湯気を立てている。

電柱は根元から吹き飛び、何百メートルも上昇した。光線はビルの壁面にぶつかり、建材を撒き散らしながら、ビル自体を縦に切断しようとしていた。

「井手隊員、指示を出して下さい!!　あれは怪獣です!!　ゴモラです!!」

電柱が機動部隊員たちの真ん中に落ちてきた。凄まじい音を立てながら、コンクリートの破片が周囲に飛び散る。

ゴモラはあのような武器は持っていなかったはずだ。しかし、もはや迷っている場合ではない。

「全部隊員、マルス133、起動!!」光弘は決断した。

「マルス133起動しました」

周囲に生臭い臭いが立ち上った。アーマーに内蔵されている超小型原子炉から出る放射線で酸素が電離し、オゾンが発生しているのだ。

ぶんぶんという低周波音が響き渡る。

「攻撃開始!　ただし、充分に狙いを定めてから撃ってください」

全員がゴモラ幼体を狙ったが、なかなか発射しなかった。マルス133の攻撃力に恐れをなしているのだ。マルス133は水爆攻撃でも傷一つ付かなかったバルタン星人を一撃で殺害するのに成功している。そんな兵器を指一本で操作していいものなのか。

ゴモラが咆哮し、尻尾で一人の機動部隊員を狙った。

ぎりぎりのところで、機動部隊員は太腿部分に設置されている緊急用のジェット噴射で、数メートル跳躍し、尻尾の打撃を逃れた。

からぶりした尻尾はアスファルトを叩き、無数の破片を吹雪のように撒き散らした。

ゴモラは咆哮した。かなり怒っているようだった。

まずい。さっきの怪光線を掃射されたら、数秒間で全滅だ。

光弘は死を覚悟した。

だが、ゴモラは相変わらず、尻尾攻撃と頭突き攻撃を繰り返している。

機動部隊員たちはそのたびにジェットで空中を逃げ回った。

なぜ、さっきの怪光線を使わないのかはわからないが、こちらにとっては少し有利だ。

一人の機動部隊員がついに決心して、マルス１３３を発射した。

マルス１３３の放つ光線は理論上、ウルトラマンのスペシウム光線と同等のものだ。だが、スペシウム光線が連続発射できるのに対し、マルス１３３はパルスでしか照射できない。だから、掃射することはできず、拳銃のように一発ずつ狙いを定めて撃つことになる。

パルスはゴモラの右の角を破壊し、そのまま背後の高層ビルに命中した。

命中した場所を含む数階が赤く発光し、気化した。ビルの上半分が宙に浮いたかと思うと、次の瞬間には落下し始めた。

「衝撃に備えてください!!」光弘は声を限りに叫んだ。

ビルの上半分は地面に激突した。耳を劈《つんざ》くばかりの大音量が響き渡り、地面は激震した。

周りの高層ビル群も衝撃を受け、次々と振動し、いくつかはそのまま倒壊を始めた。

倒壊するビルからもうもうと煙が立ち上り、ゴモラの姿はかき消えそうになった。

「マルス１３３を発射する時はゴモラの後ろにビルや航空機などがないか、充分に気をつけてください」

言い終わった瞬間に、第二発が発射された。

これもゴモラには命中せず、空へと消えた。

さらにもう一発。

ゴモラは尻尾をめちゃくちゃに振り回し始めた。

光弘はゴモラが自分たちに対して抱いている殺意をはっきりと感じ取った。そして、あと一〇秒かそこらの間に勝負をつけないと、全員の命がなくなっているだろうと理解した。

機動部隊員たちは次々にマルス133を発射した。

煙がパルスの経路に沿って明るく輝いた。プラズマが大気の中に拡散していく。だが、一発も命中しない。

巨体に似合わず、ゴモラは素早く動き続けた。しかも、撃つ側は背後にビルがない位置に移動し続けなければならず、うまくタイミングを合わせられないのだった。

こいつ、我々がビルを撃てないのを知って、わざとビルを背後にしているのか？　だとしたら、まず、こいつの動きを止めないと……。

その時、ゴモラが光線をよけながらも、光弘を睨み付けているのに気付いた。

どうやら、彼をターゲットに選んだようだった。

光弘はアーマーを身に纏《まと》っていない。つまり、ゴモラが攻撃してきても、ジェットを使った高速退避は不可能だ。

光弘はごくりと唾を飲み込み、ゆっくりとベルトのホルダからスーパーガンを取り出した。

当てれば勝算はある。

深呼吸をし、ゴモラの顔の真ん中を狙った。

ゴモラは咆哮を始めた。

おそらく、この咆哮が終わった瞬間に僕はミンチにされる。

引き金を引く。

レーザーがゴモラの顔に命中した。

しめた！

だが、ゴモラは無傷だった。

スーパーガン単体でも、怪獣に対して効果はある。だが、ゴモラの防御力は極めて高く、その皮膚に傷を付けることすらできないのだ。しかし、ある程度の痛覚はあるらしい。人間でたとえれば、額を指で強く弾かれたような状態かもしれない。

ゴモラは強い怒りに身を震わせ、大きく尻尾を振り上げ、咆哮した。

ゴモラにプライドがあるのかどうかはわからないが、顔のど真ん中を撃たれたのは相当不快だったようだ。一撃で光弘を仕留めるつもりなのか、慎重に狙いを定めている。ゴモラは高速かつ高精度で尻尾を操ることができる。おそらくやろうと思えば、光弘の首を刎ね飛ばすことも、心臓を貫くこともできるだろう。

だが、これでいい。

光弘は満足した。

光弘を狙うために一瞬動きを止めたゴモラの胸部に一人の機動部隊員のマルス133のパルスが命中した。

ゴモラの胴体は赤く発光し、骨格や臓器が透けて見えた。

バルタン星人ですら、一撃で消滅したパルスを受けてなお、ゴモラは耐えていた。

さらに、もう一発のパルスが命中した。

ゴモラは咆哮し、倒れた。そして、そのまま尻尾は胴体から離れ、空中へ飛び上がった。

尻尾はビルに激突したが、その動きは止まらず、ビルの外壁を破壊し続けた。

動きが早過ぎて、マルス133で狙うのは難しそうだ。

「通常のスーパーガンで、尻尾の切り口を狙ってください。皮膚がないので、ダメージを与えられるはずです！」

光弘はゴモラの本体を確認しようと振り向いた。

その瞬間、ゴモラの角から怪光線が発射された。

怪光線は地面すれすれを飛び、街路樹や電柱や建物の一階部分を吹き飛ばした。

そして、ゴモラは大爆発を起こし、消し飛んだ。

◇

「日本の科学特捜隊がゴモラの殺害に成功したらしいわね、インペイイシャント君」長官は苦々しげに言った。

　薄暗い会議室の奥に薄汚れた白衣を着た人物が座っていた。髪は伸ばし放題だが、まだ若いらしい。人種はよくわからない。いろいろな人種の特徴が見て取れた。長官の言葉を聞き薄笑いを浮かべる。「本当ですか？　どんな方法を使ったんですか？」

「アーマー機動部隊を投入したとのことだわ」長官は長身で白髪交じりの中年白人女性だ。

「アーマー？　確か、井手とかいう科特隊員が開発していたやつですね」インペイシャントは言った。

「あれはいったいどういった原理で動いているの？　凄まじい耐熱・耐衝撃性を持っている上に簡易的な飛行能力も持っていて、海中や真空中での作業も可能だという話じゃない」

「わたしに原理はわかりません。おそらく井手にも正確なところはわからないでしょう」

「作った本人に原理がわからない？　そんなことありうるの？」

「あれは地球の技術だけで作られたものではないんですよ、長官」

「どういうこと？」

「ここ数十年の間、日本は様々な文明からの攻撃を受けてきました。公になっているものだけでも、ケムール人、キール星人、セミ人間、火星人、バルタン星人、ダダ、ザラブ星人、メフィラス星人、ゼットン星人などの宇宙人たち、地球に生息する非人類文明――地底人、ケロニア――を撃退してきました。そして、科特隊の日本支部は彼らの遺留物を取得したのです。さらに、友好的な異星人であるルパーツ星人からの技術供与とウルトラマンや怪獣の能力分析結果などを複合して生まれたのが、井手のアーマーなのです」

「つまり、日本の科特隊は異星人の技術を分析して理解したということなの？」

「いや。おそらく理解まではしていないでしょう」

「理解していない訳がないでしょう。彼らはそれを兵器として使っているのよ」

「では、お聞きしますが、長官はテレビの作動原理をご存じですか？」

「当たり前じゃない。映像と音声を電波に変換してるんでしょ」

「どのように映像を電波に変換するのですか？」

「それはあれよ。そういう機能を持った半導体があるのよ」

「詳しい原理はご存じないですね。しかし、原理など知らなくても、テレビを見るのに差し支えはない。違いますか？」

「誰でもそうでしょ」

「そうです。井手もおそらく異星人の技術を理解せずに活用しているのです」

「しかし、アーマーは井手の設計になるものだと聞いたわ。異星人のアーマーでは、体型的にも着ることはできないんじゃないの」

「宇宙人の持ち込んだ装置をそのまま使っている訳ではありません。彼らなりにアレンジして使っているのです。もちろん彼らの武器の主要部分をそのまま流用しているのではなく、コピーを製造しているはずです。ただし、そのコピーの動作原理を一〇〇パーセント理解している訳ではない。そのような異星技術をブラックボックス的に利用した技術を一部ではメテオールと呼んでいるとか」

「メテオールはなぜ我が国に存在しないの？」

「日本の科特隊が取得した情報に基づくからです。日本の法律では、潜在的に核兵器以上の破壊力を持つ兵器を他国に提供することはもちろん、その製造に関する情報も提供できないことになっています」

「馬鹿な。我が国は日本の一番の同盟国なのよ！　それに、科学特捜隊自体、国際的な警察機構のはずだわ。パリの本部を差し置いて、日本支部のみが特別の地位にあるのはおかしいんじゃないの？」

「日本に件《くだん》の法律が出来たのは科特隊本部が国連に要請したことが切っ掛けになっているのです」

「なぜ、わたしがそのことを知らないの？」

「メテオール自体が秘密だからです。各国はすでに秘密条約を結んでいます。メテオールが日本国外に流出した場合、それこそ何が起こるか予測がつかないのです。メテオールは日本国内に隔離しておくのが一番安全なのです。件の法律にしても、普通に文言を読めば、単なる輸出管理の法律に過ぎないのですが、精密に分析すると、異星技術に適応できるようになっているのです」

「納得できない話ね。そもそもなぜあなたがそのことを知ってるの、インペイシャント君？」

「わたしは我が国の兵器開発の責任者ですからね。様々な情報にアクセスする権限が与えられているのですよ」

「わたしより上位の権限なの？」

「まさか。わたしの上司になった時点で、あなたにも同等のアクセス権限が与えられているはずです」

「そのような連絡は……」

「わざわざそんな連絡はしませんよ。そのような情報があることすら、極秘なのですから」

インペイシャントは机の上の端末を弄《いじ》った。「このように、様々な情報に制限なく、アクセスできます。……これが先ほどのゴモラ殺害の情報ですね。……ほう。これは驚いた。ゴモラの幼体が見付かったんですね」

「そう言わなかったかしら？」

「ええ。言いませんでしたよ。しかし、これで少し安心しました。成体ゴモラを倒したのではないのですから、まだ彼らに後れをとった訳ではないようです」

「つまり、例の計画は井手のアーマー以上の兵器を作りうるということね？」

「例の計画？　何のことですか？」

「とぼけないで。あなたのプロジェクトよ」

「ああ。巨人兵士計画のことですね」インペイシャントはにやりと笑った。「今から実験するところです。見ていきますか？」

「もちろんよ。そのために午後のスケジュールを空けておいたんだから」

インペイシャントは机の上のスイッチを押した。

壁が二つに割れ、左右に開いた。壁の向こうにはガラスが嵌《は》め込まれており、その向こうには格子が入っていた。

「これは特殊強化ガラスですが、それだけでは心許ないので、チルソナイト合金製の格子を嵌めてあります」

ガラスの向こうには巨大な空間が広がっていた。また、二人がいる部屋よりも深く掘り込んであった。縦横高さそれぞれ一〇〇メートルはあるだろうか。

「もちろん、隣の部屋全体がチルソナイト合金製なので、ご安心ください。チルソナイトを含む隕石はわが国にも落下してきていますので、チルソナイトはメテオール制限に含まれない技術なんですよ」

広大な空間はほぼ闇に包まれていたが、天井からのスポットライトが床の中央部を照らし出していた。そこには一人の男性がベッドに寝ており、周辺に医師らしき者たちが三人待機していた。男性はベルトのようなものでベッドに拘束されている。

「今から、被験者に注入するの？　その……巨人血清を？」

「そうです」

「それもメテオールではないの？」

「違います。ただし、日本から持ち出したものには違いありませんが」

「研究施設から盗んだの？」

「長官はわたしを犯罪者か何かと勘違いされているようですね。巨蝶モルフォ蝶はご存じですか？」

「怪獣の一種？」

「翼長二メートルの蝶型の怪獣です」

「随分小さい怪獣ね。手強いの？」

「それ自体は手強くはありません。しかし、その鱗粉に一種の毒が含まれているのですが、その作用が奇妙なのです。我々はその鱗粉の血清化に成功した訳です」

「それに人間を巨人にする効果があるというの？」

インペイシャントは頷いた。「アマゾンにも生息しているのですが、そちらの鱗粉には効力はないようです。なぜか日本の長野の蓼科《たてしな》高原に生息しているモルフォ蝶の鱗粉のみが効果を持っているのです。おそらく、怪獣の出現がほぼ日本に集中していることにも関係していると思われます」

「一度巨人化すると元に戻れないの？」

「日本の一《いち》の谷《たに》博士が開発した熱原子X線の照射で縮小化できることがわかっています」

「なるほど。それなら安心ね。充分にウルトラマンの代わりを果たせるんじゃない？」

「なかなか問題がありまして、すぐにはウルトラマンの代替にはならないのです。ただ、今から行う実験がうまくいけば、道は開けるでしょう。大型の怪獣を倒すことすら可能になると思われます」

　巨大空間の中に大きなタンクが運び込まれてきた。

「あれは何？」

「巨人の肉体の素材です。いくら何でも無から有は作りだせませんからね。質量保存則は絶対です」

「異星人は瞬時に巨大化するそうだけど？」

「なんらかの方法で質量を供給されているはずです。ウルトラマンが突然出現するのも似たような原理でしょう」

「それはメテオールの範疇なの？」

「残念ながら」インペイシャントはつまらなそうに言った。「しかし、我々の技術でもほんの数時間で巨人化を達成できるので、それほど遜色はないでしょう。さあ、今から開始です」

　医師の一人がベッドの上の男性の腕にタンクから延びたチューブの先についた針を刺す。一種の点滴のようだ。同時に別の一人が反対の腕に注射した。

「あれが血清？」

「その通りです」

「苦しみだしたわ」

「拘束しているので、大丈夫です」

「巨大化するのに拘束なんかしていて大丈夫なの？」

「巨人化すると共に、肉体も強靭化するので、拘束具は自動的に壊れます」

「壊れるなら、拘束具の意味はないでしょう？」

「拘束できている間に、医師たちは退避できます。それ以上の意味はありません」

「被験者の頭部についている装置は何？」

「あれが今回の実験の目玉です。あの装置の一部は頭蓋骨を貫通して、大脳皮質の中に挿入されています。前頭葉を直接制御する試みなのです」

「そんなことをして大丈夫なの？　いろいろな意味で」

「どういう意味かはわかりませんが、怪獣から抽出した血清を人体に注入している時点で大丈夫ではありません。いろいろな意味で」

被験者はのた打ち回って苦しみだした。肉体は見る見る膨張を始めた。拘束具は手足と胴体に食い込み、今にも切断しそうになるぐらい締め付けていた。

被験者は突然喀血した。ぼたぼたと大量の血が床に広がっていく。

「このままだと死んでしまうんじゃないの？」長官が心配そうに言った。

「ご心配なく、毎回、この段階は踏んでいますので」

「すでに何度もやっているの？」

「この被験者は体質的に合っているようです。うまく適合しない被験者の場合、肉体の一部だけが肥大化してしまったり、突然壊死を起こしたりして、うまくいかないのです」

「その人たちはどうなったの？」

「生きてますよ」インペイシャントはぽかんとした顔で長官を見た。「何か問題でも？」

「元の姿には戻れた？」

「いや。それは無理でしょう」

「彼らは納得しているのかしら？」

「納得も何もそれが彼らの仕事ですから。警官が犯罪に立ち向かうように、消防士が火事の家に入るように、この物質を体内に注入するのは、彼らの仕事なのです」

「ぶごぉー!!」被験者が絶叫した。

その瞬間、拘束具に亀裂が入り、弾け飛んだ。

すでに身長は三メートルを超えている。チューブに液体を送っているポンプの振動音が一際高くなった。

「巨人の成長は加速度的ですからね。最大出力にしないと間に合わないのです」

被験者の身体はぱんぱんに膨れ上がった。

「注入速度が速すぎるんじゃない？」長官は心配そうに言った。

「そうですよ。わたしがそうするように命じたのですから」

「どういう理由で？」

「その方が実験が早く済むからです。今のうちに大量の液体を体内に過剰に突っ込んでおけば、巨人化の後半がスムーズに進むのです」

ベッドが潰れた。被験者の体重に耐えきれなくなったらしい。

被験者は立ち上がろうとしたが、そのまま倒れてしまった。

床の上をのた打ち回っている。

二時間後、被験者の身長は一〇メートルを超えた。さらに巨大化は進んでいった。

「まもなく、二〇メートルに達します。いつも、この辺りが巨大化の限界でしたが、今回はさらなる巨大化を目指します。殆どの怪獣が五〇メートル以上あるので、この程度の大きさでは、まともに戦うこともできませんから」

「そうなの？　随分巨大に見えるけど」

「長官は怪獣を直接ご覧になったことはありますか？」

「いいえ」

「やつらはこんなものではありません」インペイシャントはインタフォンをオンにした。

「成長速度を加速しろ。今回は三〇メートルが目標だ。そして、その後格闘試験を開始する」

「了解しました。現在、二〇メートルに達しました」研究スタッフからの返事があった。

「実験スペースの周りには、観察ルームがここを含めて一〇か所設置してあります。それぞれにおいて、記録と観察を行っており、随時連絡し合っているのです」

変身人間巨人はゆっくりと立ち上がった。全身のバランスが少し歪《いびつ》になっており、どくんどくんと脈動している部分もいくつかあった。

「組織ごとの巨大化反応が不安定になっている。原因は何だ？」インペイシャントは尋ねた。

「原因は不明ですが、筋肉内で爆発的な反応が起きているようです」研究スタッフが答えた。

「妙だな」インペイシャントは呟いた。「今、身長はいくらだ？」

「三〇メートルまで、あと〇・四メートルです」

「うぉー!!」突然、巨人が叫んだ。

「興奮状態に入りました！」研究スタッフが悲鳴のような声を上げた。「大脳皮質制御システムを起動します」

「まだだ。少し様子をみる」

巨人は両手の拳でチルソナイトの床を叩いた。ぐわんぐわんという振動が観察ルームに伝わってきた。

巨人はさらに床を叩く。

拳の皮膚が破れ、大量に出血した。

「実験前に肉体が破損するとまずい」インペイシャントは言った。「対戦相手を入れろ」

「了解しました」

実験スペースの壁の一つが開く。

そこには二足歩行の肉食恐竜型の巨大な怪獣が立っていた。色は黒く皮膚は細かい凸凹で覆われている。また、背中側の首の辺りから尻尾の先まで、枝分かれした先の方ほど色が薄くなった灰色の板状の突起物が三列に並んでいた。前肢も充分に発達していて、自由にもの

を摑めそうだった。

「何、これ?!　なんという巨大さなの！」長官は驚愕の声を上げた。

「エリ巻き恐竜ジラース……のレプリカです。ウルトラマンと戦って、敗れたジラースの骨格を入手し、それを人工細胞と金属材料を混ぜて作った組織からなる外皮で包み、原子力駆動モーターで動かしているのです」

「どうして、そんなことを？」

「実戦のシミュレーションのためですよ。もっとも、強さでは、本物のジラースに遠く及びませんが」

「大きさはどうなの？」

「身長は四五メートルです。これでも、怪獣の中では、特に巨大な訳ではありません」

　レプリカジラースは咆哮すると、巨人に近付いた。

「うぉっ！」巨人はレプリカジラースに突撃した。

　レプリカジラースの巨体は少し揺れたが、特にダメージはないようだった。反対に巨人は弾き飛ばされ、床に激突した。

　観察ルームはさらに激しく振動した。

「本当に大丈夫なの？」長官は不安げに言った。

「たとえば、ここでウルトラマンがスペシウム光線を放ったとしたら、大丈夫だとは言えません。しかし、たかが数万トンの怪獣の肉弾戦ごときでは、びくともしませんよ」インペイシャントは冷めたコーヒーを啜《すす》っている。

巨人は立ち上がると、再びレプリカジラースに突進した。

レプリカジラースは後ろを向きざま、尻尾を巨人に叩き付けた。

巨人は吹っ飛び、壁に叩き付けられた。全身から出血したまま、起き上がることができずにもがいている。

「戦い方が単調過ぎる」インペイシャントは苛立たしげに言った。「よし。大脳皮質制御システム起動だ」

「了解しました」

じたばた暴れていた巨人が急に静かになった。

「何をしたの？」長官が尋ねた。

「たいしたことはしていませんよ。脳に電流を流しただけです。特定の部位に電流を流せば、興奮も鎮静も自由自在ですし、戦闘行動を起こさせることも、食欲を刺激することも、眠らせることも、痛みを麻痺させることも可能です。元の人間がどんなに冷静であっても、巨人化すると常に凶暴になってしまい、組織立った戦闘には不向きだったのですが、この技術を使えば不都合はなくなります」

巨人は全身から血を流しながらも、全く痛みを感じていないかのようだった。

「通常、人間は戦闘時には頭に血が上っている状態です。しかし、このシステムを使えば冷静なまま強い戦意を持たせることも可能なのです」

「うわー!!」巨人は叫び声で、レプリカジラースを威嚇したつもりのようだ。

レプリカジラースも巨人を見下ろしながら咆哮した。

「あのジラースとかいう怪獣も脳を制御しているの？」

「あれはロボットです。中枢部は爬虫類の脳を使用し、そこから出力される神経信号を十台のスーパーコンピュータを使って、ジラースの身体に適合するものに変換しているのです。だから、厳密に言うと、ロボットではなく、サイボーグかもしれませんが」インペイシャントは説明を続けた。「したがって、本物の怪獣のような原理不明の超自然現象もどきの能力も保有していません」

「怪獣の能力は超自然現象ではないの？」

「もちろん違います。単に現時点で我々が理解できていないだけで、怪獣やウルトラマンの能力はすべて自然科学で説明がつくはずです」

「本当？　一説では、彼らは天使や悪魔ではないかと……」

インペイシャントは笑い出した。「では、メテオールは何なんです？　もし、天使や悪魔の力だとしたら、どうして日本の井手に模倣できたんですか？」

「確かに。目の前に巨人と怪獣がいるこの状況こそが魔法の産物に思えるけど、これは科学なのよね？」

「もちろんです」

レプリカジラースは再び尻尾で巨人を攻撃しようとした。

だが、巨人は一瞬早く、その場から飛び退《の》いた。

レプリカジラースの尻尾はからぶりし、勢い余ってバランスを失い、よろけてしまった。

「うぉー!!」巨人はレプリカジラースに駆け寄ると、目の前でジャンプし、レプリカジラースの胸に飛び蹴りを喰らわした。

レプリカジラースは一回転し、そのまま倒れ込み、頭を床で強打した。

凄まじい振動が起こった。

「これは相当なダメージだな」インペイシャントが言った。

「ただ、倒れただけよ」

「あいつの身長は四五メートルもあるのです。四五メートルの高さから落下したら、たいていのものは壊れてしまうでしょう」

「ウルトラマンや怪獣はしょっちゅう倒れていたようだけど」

「だから、あいつらは知られていない科学の原理を利用しているだけなのです。おそらく、あの巨人にもその片鱗があると思われます」

巨人は七、八〇メートルの高さまでも跳躍すると、レプリカジラースの喉の上に飛び降りた。

レプリカジラースは手足を痙攣させたが、やがて動かなくなった。

「レプリカ怪獣の中央制御装置の機能が停止しました」研究スタッフが報告してきた。

「つまり、あなたの目的は達成された訳ね」長官は言った。「巨人の暴走を制御することに見事に成功したわ」

巨人はなおもレプリカジラースを攻撃し続けた。レプリカジラースの皮膚は裂け、内部の有機体組織と動力伝達系が剝き出しになった。

「巨人兵士計画の大きな問題点は二つあります。一つは、今おっしゃったように巨人化後の暴走です。これはやや深刻な問題でしたが、脳を直接電流制御することで、解消することが可能だとわかりました。もう一つは本質的な問題ではありませんが、解決できるに越したことはないと考えています」

レプリカジラースの骨格が露出し始めた。

巨人はなおも攻撃を続けている。

「おい。そろそろやめさせろ」インペイシャントは部下である研究スタッフに命じた。「骨格が壊れるとまずい。数万トンを支えることができる材料などそう簡単には手に入らないぞ」

「はい。すでに、沈静化の信号は送っているのですが……」

「何だと？　データをスクリーンに出せ」

インペイシャントの前方にバーチャルスクリーンが広がった。

「電流は流れているぞ。センサの故障か？」

「いいえ。数台のセンサがすべてほぼ同じ電流値を示していますので、故障ではないと考えられます」

「ありえない。これだけの電流に脳が抗するなんて……」

「どうしたの？　まさか事故ではないわよね、インペイシャント君」長官が不安の色を見せた。

「事故？　とんでもありません。確かに、予想外の反応ですが、予想外の反応を調べることこそが実験を行う目的ですからね」

「しかし、巨人を制御できていないようだけど」

「巨人は四重の安全策によって閉じ込められています。脳電流制御は第一の安全策に過ぎません」

「骨格にひびが入りました」

「なんてやつだ。だが、本物の怪獣の骨を破壊できるのなら、実戦に使える可能性は高いとも言える」

巨人は両手の拳をレプリカジラースの頸部に叩き落とした。

「ジラースの全機能、完全停止しました」

レプリカジラースの頭部は破壊音と共に関節とは無関係な方向に曲がった。

「わうぉー!!」巨人はゴリラのように胸を叩きながら咆哮した。

機能停止したことで、レプリカジラースへの興味を失ったらしく、きょろきょろと周囲を確認し始めた。そして、インペイシャントたちの観察ルームの方をはっきりと睨んだ。

「あいつはあなただとわかって睨んでるのかしら？」長官は尋ねた。

「さあ。どうでしょうか」

次の瞬間、巨人はインペイシャントに向かって全速力で走り出した。一秒もたたない間に、窓に向かって拳を繰り出した。

巨人の拳は砕け、骨が飛び出した。だが、全く怯《ひる》まずにさらにパンチを繰り出した。

「まだ電流制御は効かないのか？」

「はい」

「電流値を倍にしろ」

「しかし、安全性が確認できていません」

「かまわん。緊急事態だ。このままでは、チルソニウム合金ですら危うい」

「それは本当なの？」長官が尋ねた。

「可能性の問題です。それに、チルソニウム合金の壁は第二の対策に過ぎませんから、まだ慌てる必要はありません」

巨人の動きが一瞬止まったが、それは〇・五秒も続かなかった。再び、拳による打撃を開始した。

「電流値を倍にしたのか？」インペイシャントは怒鳴った。

「はい。やっています」

「では、電流値を一〇倍にしろ」

「それは……」

「どうした？　命令だぞ」

「それは、つまり……被験者の脳組織を焼くことになりますが」

「その通り。わたしはそう言っているのだ」

「しかし、それでは被験者は死ぬことになります」

「では、命令の言葉をより明快なものとする。被験者を殺処分しろ」

「その必要はあるのでしょうか？」

「緊急避難だ」

「しかし、被験者を暴走状態にしたのは我々です」

「今は責任の所在を議論している場合ではないのは理解しているのか？」

「彼を殺したら、次の被験者を選ばなければなりません。彼はまだ一度か二度は実験に耐えうるでしょう」

「ふむ。確かに。あと一、二回使えるものを駄目にするのはもったいないかもしれないなあ。いいだろう。殺処分は取りやめだ。熱原子X線砲を準備しろ」

「最初から、熱原子X線を照射すればよかったんじゃないの？」長官が言った。

「熱原子X線砲の立ち上げには少々時間が掛かるのです。それまでに窓が割れなければいいのですがね」

　巨人は窓を殴り続けた。だんだんと格子が曲がり始めている。そして、ついに強化ガラスに蜘蛛の巣のような亀裂が入った。

「そろそろ来ますよ」

次の打撃で、ガラスは砕け散った。部屋中に巨人の拳からの血飛沫が飛び散った。

巨人の拳は原形を留めないほどに破壊されていた。折れた指の骨が突きだし、ぐにゃぐにゃになって筋肉が纏わりついている状態だった。手首の動脈が切れたのか、滝のように血が流れ続けている。

「熱原子X線砲、立ち上げ完了しました」

「発射！」

巨人の動きが止まった。

ばちばちと空間に火花が散る。

巨人は後退《あとずさ》り、咆哮した。「ごうおー!!」

ふらつき、膝をついた。全身の皮膚がぶるぶると震え出し、水膨れとなり、あちこちが崩壊を始めた。黄色く濁った体液が噴水のように噴き上がる。

「モルフォ血清によって急拵えで作られた細胞が壊死を始めたのです。現在、組織内で細胞が急速に移動を始め、組織の再構成が始まっているのです」

巨人は大量の赤黒い膿のようなものを撒き散らし、どんどん小さくなっていった。膿の中には臓器や骨の残骸のようなものも見えた。

巨人の顔面が膿の中にぼたりと落下した。肘から先の腕や膝から先の脚も腐るように落下した。短くなった手足をばたつかせ、巨人はさらに溶けて小さくなっていった。

「熱原子X線放射停止。被験者の回収を急げ」

数か所で壁が開き、ガスマスクを着けた一群が実験スペースへと入ってきた。さすまたのような器具を半ば溶解した巨人の身体に突き刺し、内部を探っているようだった。

巨人の肉体はまだ完全に死んでしまった訳ではないらしく、時折、あちらこちらがばらばらに痙攣するような奇妙な動きを見せていた。

「ここにいます」ガスマスクを着けた人物の一人が叫んだ。

ガスマスクたちがその場所に集まってくる。

血膿のなかから、血塗《ちまみ》れの肉塊が引っ張り出された。どうやら人間のようだった。

「バイタル確認！」

「心肺停止状態です」

「蘇生開始！」

「あれは誰？」長官は尋ねた。

「先ほどの被験者ですよ。巨人の肉体が崩壊して、本来の大きさに戻ったのです」

「もし、縮小化に失敗していたらどうなったの？」

「その場合でも、最後の対策が残ってるので大丈夫です」

「これ以上、どんな対策が残ってるの？」

「この基地にはスパイナーが仕掛けてあります。もし巨人がこの建物から出そうになったら、自動的に爆発します。非核兵器なのに、小型水爆ほどの威力ですからね。便利な世の中になったものです」

その場合、わたしたちも道連れじゃないの。

長官は心の中で呟いた。

スタッフは通常のAED（自動体外式除細動器）とはかなり形状の違うものを運んできた。電極の先端が串のように尖《とが》っている。長さは二〇センチはあった。

「何、あの串のようなものは？」長官は尋ねた。

「串ですよ」

スタッフは人間の肉体の胸の部分に串を刺した。

「あんなことをして大丈夫なの？」

「大丈夫ではありませんね。心臓を直接貫いていますから。しかし、そうしないと確実に死ぬでしょう」

ぼん。

被験者の肉体が跳ねあがった。

「被験者の映像を見せてくれ」インペイシャントがスタッフに命じた。

ディスプレイに被験者の姿が映し出された。

あちこちに皮下出血の痕があったが、それよりも一〇か所以上に及ぶ握りこぶし大の腫瘍が目を引いた。

「これは何なの？」長官は言った。

「先ほど言っていた二つ目の問題です。それほど重要じゃない方の」

「この腫瘍は何？」

「ただの悪性新生物です」

「摘出しなくていいの？」

「もう手遅れですよ。内臓や脳にもできていますので、もうそれほど持ちません。あと一、二回実験したら、寿命でしょう」

「これは、その……巨人化血清の副作用なのかしら？」

「巨人化血清というよりは、熱原子X線の方ですね。なにしろ、高出力の放射線ですから。今までで積算五シーベルトぐらい被曝しています」

「そんなことが許されるの？」

「それは法的にという意味ですか？　それとも、人道的にという意味ですか？」

「両方の意味よ」

「法的には許されます。我が国でも怪獣対策特別法が施行されましたから。怪獣対策に有効な手段であるならば、死ぬ危険を理解していたとしても、未必の故意は適用されないのです。もちろん、意図的に殺害することはゆるされませんが。それから、人道面の話ですが」インペイシャントは咳払いをした。「多くの人命を救うために志願者の生命を犠牲にするのは、非人道的でしょうか？　だとすると、ダム建設も宇宙開発もすべて非人道的な所業だということになりますが」

長官は返答に詰まった。

「被験者、蘇生しました」

「これから、被験者に会うことはできる？」長官は額の汗を拭った。

「ええ。別に構いませんが、何か用があるのですか？」

「彼に一言礼を述べたいの」

「なるほど。もはや彼に理解できるかどうかはわかりませんが、長官が満足されるなら、それでもいいでしょう」インペイシャントは優しく微笑んだ。

◇

薄汚い廃墟の中で、まだローティーンだと思われる少年少女がパソコンとメモ用紙の間に転がるようにして、作業をしていた。

そばには異様に背の高い軍服姿の男が立っていた。

「日本の科特隊が幼体ゴモラを仕留めたらしい」軍服の男――元帥が言った。「君たちの分析結果を聞きたい」

「えっ。そうなの？　じゃあ、もうわたしたちの負けだわ。きっともう追い付けない」鬱鬱《うつうつ》はしくしく泣き出した。

「あいつら、今までだって、怪獣を殺してるじゃないか。何も驚くことはないさ。それに幼体だったら、きっと俺たちにだって殺《や》れるさ」躁躁《そうそう》が言った。

「日本人がゴモラを仕留めたこと自体はさほど重要ではない。重要なのは、ゴモラが使ったという能力だ」

躁躁はがちゃがちゃとキーボードにコマンドを打ち込んだ。

壁に科特隊とゴモラの戦う様子が映し出された。ゴモラの角から怪光線が放たれ、ビルを破壊している様子だ。

「科特隊のデータベースをハッキングして得た映像か？　さすがだな」元帥は一瞬唖然としたが、気を取り直して話を続けた。「成体のゴモラがこの能力を使用していたことはない。これは幼体時のみ使用可能な能力だと考えられる。もし成体にこの能力を残しておくことができたら、極めて強力な怪獣となるだろう」

「わたしたちは何もすることがないんだわ」鬱鬱が嘆いた。

「おまえ、話を聞いていたのか？　今から、この怪光線の正体を探れ、と言っているのだ」

「怪光線の正体はわかっているし、成体ゴモラがこの能力を保持していることも自明だよ」

躁躁が馬鹿にしたように言った。

「何を言ってるんだ？　こんな能力があるのなら、ゴモラはウルトラマンに対しても使用したはずだ」

「可哀そうな、ゴモラ！　本当は勝てたのに！」鬱鬱が言った。

「ゴモラがあの力を使用しなかったのは、それが武器ではなかったからだよ」躁躁が言った。

「馬鹿な！　あれが武器でなかったら、何だというのだ？」

「元帥は可哀そう」鬱鬱はぽろぽろと涙を流した。「こんなに馬鹿だなんて」

「小娘、俺を馬鹿にしているのか？」元帥は鬱鬱の胸倉をつかんだ。

「今すぐ、汚い手を鬱鬱から離せ。さもなくば、あと一秒でおまえを消す」

はったりだという可能性はあった。

だが、元帥に賭けに出る勇気はなかった。

この子供たちは本物の天才だという話だ。当初は、合成麻薬を資金源とした日本との闇取引で、怪獣の肉片を集めているただの頭のおかしい子供たちだという噂だった。だが、政府が彼らの研究室――と言っても、不法占拠されたアパートの一室だったが――を強制調査した時、すでに怪獣の細胞を生きたまま培養することに成功していたのだ。その時点で、研究は九割がた終了していたと言っても過言ではない。即座に莫大な研究資金とスパイたちが密かに収集した怪獣たちの細胞が二人の子供たちに政府から支給された。だが、あくまで表向きは、貧民街の子供たちの救済活動ということになっていた。広大な廃墟地区から住民たちをすべて追い出して封鎖し、秘密の研究所を設置した。そして、解放軍から派遣された数百人のエリートたちがこの浮浪児に顎で使われているのだ。

元帥にとっては、非常に腹立たしい状況ではあったが、日米に対抗する力を得るためには、これしか方法がなかったのだ。

元帥は即座に手を離した。

「ちっ。これ、人間に試したかったのに」いつの間にか躁躁の手には奇怪な筒状の肉塊が握られていた。不気味に脈動している。

「何だ、それは？」

「ケムール人の消去エネルギー源噴出器官さ」躁躁は肉塊を強く握った。

ゼリー状の物体が飛び出し、机の残骸らしきものに当たった。すると、残骸はするすると形状が崩壊し、見えなくなった。

「机はどうなったんだ？」

「それを確かめるために、元帥にかけたかったんだよ。人間以外のものにかけてもただ消えるだけで、どうなったのかてんでわからないんだ」

「きっと、世界のどこかに残っているケムール人の秘密基地か軌道上の円盤に転送されてしまうのよ。でも、今はもう無人になっているから、そこで餓死するか、窒息死してしまうの。でも、わたしなら、窒息死の方がいいわ。苦しむ時間が短いから」

元帥は冷や汗を掻いた。

こいつらは本物の悪魔だ。

「この臓器だけを培養したのか？」

「まさか、そんな器用なことはできないよ」躁躁は映像を表示した。

コードやチューブをあっちこっちに配した装置で全身を拘束され、もがいているケムール人の映像だった。頭の管の部分は切り取られていて、だらだらと体液を垂れ流していた。

「これはもちろんオリジナルのケムール人じゃない。ケムール人がXチャンネル光波で滅ぼされた現場に残っていた細胞から作ったクローンだよ。主要な器官は切除して弱体化はしてあるんだが、それだけでは安心できないので、拘束してあるんだ」

元帥は軽く吐き気を覚えた。

「それで、ゴモラの怪光線の正体は何なんだ？」元帥は話を戻した。

「ゴモラは地底を進むんだよな」躁躁が言った。「どうやって、掘り進むと思う？」

「角と爪を使うんだろ」

「ああ。ゴモラの角と爪は地中を掘り進むのに適していないのを知らないほどこの人は無知なんだわ」鬱鬱が泣き出した。

「じゃあ、どうやって掘ってるんだ？」

躁躁はにやりと笑った。

「まさか……あの怪光線で掘削するのか？」

「厳密に言うなら、光線よりは音波に近い。超振動波と呼ぶべき現象だ。マイクが拾った音やカメラが捉えた物体の微弱な振動などの現場の記録を解析してわかったんだ。ゴモラは様々な周波数の音を前方の地質に向けて同時に放射するんだ。そして、前方から戻ってきた波を捉えることによって、反射しやすい周波数と反射しにくい周波数がそれぞれ何かということがわかる。反射しにくいということはつまり、吸収されているということだ。ゴモラは本能的にその周波数に集中して、再び前方に超振動波を発射する。地質は急激に揺さぶられ、発熱して気化して吹き飛んでしまうんだ。ゴモラはこうやって、地下を進んでいく。だから、この能力は武器なんかではないんだ」

「しかし、これを武器に転用することは可能だ。違うか？」

「もちろん可能だ」躁躁は陽気に踊り出した。

「おそろしいわ。超振動波はスペシウム光線に匹敵するぐらいの恐ろしい破壊兵器よ」鬱鬱は突っ伏して泣き出した。

「ゴモラを操れば、超振動波を自由に発射できるんだな」

「ああ。だけど、ゴモラごときを操るだけでは能がないけどな」躁躁がキーボードを操作した。

「もっとも、ゼットンのクローンが完成すれば、それも必要なくなるが」元帥は言った。

「それは皮肉のつもりで言ってるのか？」躁躁が尋ねた。

もちろん。皮肉だ。

「まさか。ゼットンのクローンが完成するのを心待ちにしているだけだ」元帥は慌てて否定した。

「いいか。いったん、ゼットンを復活させてしまったら、制御に失敗した場合、これほど厄介なものはない。もう少し時間が必要だ」

「人類はゼットンを倒しているんだ。制御に失敗したら、殺処分すればいい」

「今のところ、ゼットンを殺せるのは無重力弾だけだ」

「井手の開発した武器か」

「岩本《いわもと》博士の試作品だ」

「どっちでもいい。それを使えば済む話だろ？」元帥は言った。

「無重力弾は一発しかない試作品だったのよ。そして、同じものは二度と作れなかった」鬱が言った。

「では、なおさらゼットンを作れば無敵ではないか」

「そういう考え方もある」躁躁は考え込んだ。「アントラー、ゴモラ、ザラガス、ジェロニモン、ゼットン。これらは、科特隊の協力がなかったら、ウルトラマンでも倒せなかったと言われている怪獣だ。ゼットン一択ではなく、これらのうち、どれか一体でも構わないか？」

「なるほど。ゼットンはたまたまウルトラマンを倒したというだけで、最強かどうかはわからない訳だ。いいだろう」

「成功したら、何かくれるか？」

「何が欲しい？」

「ブルトン細胞よ。あれがないとわたしたちもうおしまいよ」

「待ってくれ。四次元怪獣ブルトンと風船怪獣バルンガの細胞は使用禁止だ」

「なぜだ？」

「現代物理学の範疇を超えているからだ。この二種類の起こす現象はまだ解析できていない。

そして、理解できないものは制御もできない」

「俺たちなら、解析できるし、理解もできる。元帥、あんたの権限があればなんとかなるはずだ」

「わかった。なんとか手配しよう」元帥は渋々承諾した。

「取引成立だな？」

「ああ。成立だ」

「可哀そうなブルトン。せっかくクローンとして復活するのに、躁躁に切り刻まれてしまうのね」鬱鬱が嘆いた。

「この子は気が早過ぎるね」元帥は呆れて言った。

「いや。なんにも早くない」躁躁は嬉しそうに言った。

「どういうことだ？　おまえたちが約束を守るまで、ブルトン細胞を渡すことはできないんだぞ」

「約束は守る。というか、むしろすでに守ったよ」

「どういうことだ？　冗談のつもりか？」

「冗談などではない。すでにクローンは完成しているんだ」

「馬鹿な、いったいどこにいると言うんだ？」

「先日、科特隊と戦ったゴモラの幼体だ。あれは俺たちが作ったクローンだったんだよ」

◇

「今回のゴモラ殺処分の失敗で、上層部に随分お目玉を喰らってしまったぞ、井手」科特隊の日本支部の隊長である村松敏夫《としお》は光弘に愚痴を言った。

「失敗？　我々はちゃんと、殺処分に成功しましたよ」基地内の作戦司令室で光弘は直立不動で村松に対峙していた。

「ゴモラの幼体を一体倒すために、高層ビルを一〇棟も崩壊させていては、成功とは呼べないと思うぞ」

「あれは、ゴモラの能力が予想外だったためです」

「ビルの崩壊の原因の大半はゴモラの能力ではなく、機動部隊員の誤射だと聞いているぞ」

「ああ。そういう見方もありますね」

「残念ながら、マスコミの大部分はそういう見方のようだ」村松は数冊の週刊誌を光弘の前に放り出した。

「あれはまだマルス１３３の取り扱いに慣れていなかったためですよ」

「どうして慣れていないんだ？」

「まあ。単なる訓練不足ですね」

「どうして、訓練していないんだ？」

「訓練をしていない訳ではありません。ただ、時間が足りなかっただけです」

「訓練不足なのに、あんな危険な兵器を使ったのか？」

「危険な兵器じゃないと、ゴモラは倒せないんですよ」

「そもそもゴモラの使った武器は何なんだ？　以前の報告書にはなかったぞ」

「あの能力は武器ではなく、掘削道具なんですよ」

「あんな物凄い掘削道具があるか！」

「ゴモラは地底をまるで地上のように移動するんですよ。つまり、大地を空気のように通り抜けているということですから、相当な破壊力です」

「もっとわかるように説明せんか。だいたい、君の話はいつも要領を得ないというか……」

突然、警報が鳴り響いた。

「何だ、この警報は？」村松は尋ねた。

「僕の発明した怪獣パターン分析器の警報です」

「何だそりゃ？」

「怪獣は電磁波、超音波、磁気、放射線、熱、イオン流、ニュートリノなどの様々なエネルギーを放射しています。それらのエネルギーを受信するため、日本各地の観測所や人工衛星にとりつけた各種センサの信号を電子計算機で分析することにより、怪獣ごとに特徴のある特定のパターンを検出することができるのです」

「要は怪獣探知機なのか？」

「怪獣を探知する訳ではありません。ああ、探知もするのですが、痕跡にも反応するんです。

例えば、食べかすとか糞とかでも」

「汚い話をするな」

「ちょっと失礼」光弘は端末の操作を行った。「ありゃりゃりゃ！」

「どうした？」

「パターン・ブルトンです」

「四次元怪獣が？　こいつは厄介だぞ。ウルトラマンがいない今、あいつを倒すことは可能なのか？」

「まだ、本体が現れたとは限りません。痕跡だけかもしれません」

「ブルトンが糞をしたり、食べ残したりするのか？」

「わかりません。まあ、糞をしても驚きませんが」

「場所はどこだ？」

「ユーラシア大陸のど真ん中ですね。日本以外に怪獣が出現するのは珍しい。パターン自体は一瞬だけ発生してすぐに消えました。まるで……」光弘は口籠った。

「どうした？　まるで、何だ？」

「まるで、こっちに見られていることに気付いて慌てて隠したみたいな感じです」

「ということは、こっちが探知していることをブルトンに知られたのか？」

「ブルトンに知られたとは限りません。ブルトンを操っているものに知られたのかもしれません。そもそもブルトンに知性があるのかどうか」

「キャップ」科特隊隊員の富士明子《ふじあきこ》が言った。「パリ本部からの通信です。アジア某国において、奇妙な爆発を観測したので警戒を怠るな、とのことです」

「どうして、某国なんて言い方をするんだ？」同じく隊員の嵐大助《あらしだいすけ》が尋ねた。

「それだけ、科特隊は微妙な存在なんだよ」光弘が言った。「科特隊が特定の国への非難ととられかねない情報を発信したら、えらいことだ。そもそも、日本国内で、これだけの軍備を保有できているのだって、国際的に微妙な立場のおかげだ。科特隊は謂わば一種の駐留軍の扱いなんだよ」

「メンバーは日本人なのに？」

「そこは微妙な扱いさ」

「ややこしいことは偉いさんに任せとけばいいさ」嵐は投げやりに言った。

「井手、ブルトンのパターンはもう出ていないのか？」

「そのようです」

「富士君、奇妙な爆発とはどういう意味なのか、本部に問い合わせてくれ」

「了解」明子は本部に問い合わせた。「本部から回答です。厳密に言うと、爆発ではなく、一種の逆爆発のようなものだったらしいです」

「また、難解な用語だな」村松は困った顔をした。「つまり、爆縮のようなことが起こったのか？」

「そうではなくて、いきなりある一点でエネルギーが極端に減少して、それが周囲に伝播していくような現象が起きたらしいんです」

「確かに逆爆発としかいいようのない現象だな」村松はタバコのパイプを噛みしめた。「井手、何が起こったか解析する方法はないか？」

「さっきの一瞬見えたパターンを解析するしかないですね」

「一瞬ってどのぐらいなの？」明子が尋ねた。

「一ミリ秒ぐらいかな」

「それじゃあ、殆ど情報は含まれてないだろ」嵐が言った。

「いやいや。これは単純な一次元の情報ではなく、多元的な情報だから、読み取れることは多いんだよ。それに、パルスには膨大な周波数情報が含まれているんだ。このパルスの波形をフーリエ解析すれば、いろいろなことがわかるはずだ」

「井手、すぐに解析を始めてくれ」村松が言った。

「このパルスを受信した直後からすでに始めていますよ」光弘は端末の操作を続けた。「えっ？　まさか」

「どうかしたの？」明子が訊いた。

「これを見てください。エネルギーが急激に減った訳はこれだ。超次元微小経路が発生しています」

「何だ、そりゃ？」嵐が顔を顰《しか》めた。

「つまり、別の宇宙への通路のようなものです」

「別の宇宙って何だよ?」嵐が笑った。「別の惑星って言おうとしたんだな」

「いや。別の宇宙だよ」

「宇宙がいくつもあってたまるかよ」

「それは別の超銀河団とか、そういう話?」明子が尋ねた。

「それに似ているけど違う話だよ。もっとも、宇宙の観測可能な半径一四〇億光年の領域——ハッブル体積——を一つ一つ別の宇宙と捉えることはできるけど、おそらく今回はそういうことではないと思う。インフレーション理論で予想される泡宇宙、もしくは量子力学の多世界解釈で仮定される並行世界のようなものじゃないかと思うんだ」

「その二つは同じものなのか?」村松が尋ねた。

「それはわかりません。それぞれ別々の理論から生まれたものですからね。しかも、前者は理論解析の結論で、後者は理論を成立させるために導入した概念なんです」

「つまり、どういうことだ」

「個人的な意見を言わせていただくなら、よくわからないということです」

「なんだ。だったら、最初からわからない、と言えよ」嵐が言った。

「闇雲に何もわからないと言っていては科学の発展はない。限界まで突き詰めて、そこが限界であるということを認識しなくては、ブレークスルーは生まれないんだ」

「それで、超次元微小経路って宇宙と宇宙を繋ぐ通路なの?」

「そう。僕たちの住むこの宇宙から他の宇宙へ向けた通路だ。おそらくその通路を伝わって、この宇宙のエネルギーが流出したんだ。それが逆爆発の正体だろう」

「そんな通路を作ったら、この宇宙のエネルギーがすべて流出してしまうんじゃないの？」

「おそらくそういうことにはならない。この宇宙の入り口の周辺のエネルギー密度が下がり続け、向こうの宇宙の出口周辺のエネルギー密度が上昇し続けるなら、必ずどこかで平衡状態に達して、エネルギーの移動は止まってしまう。むしろ、問題はエネルギーの移動以外にあるんだ」

「それは何だ？」

「キャップ、これはあくまで僕の推測に過ぎませんが、超次元微小経路って単なるエネルギーの通路ではなく、通信路じゃないかと思うんです。このデータを見ると、エントロピーのバランスをとるために、エネルギーとは逆の方向に情報が流れたものと思われます。いや。むしろ情報を得るために、エネルギーを送ったのかもしれません」

「別の宇宙からの情報？」村松は唸った。「異星の科学の片鱗に触れただけで我々人類は右往左往しているのに、別の宇宙からの情報とは……」

「さらに、問題があります」光弘は続けた。「超次元微小経路は一つだけではないのです」

「何だと？」

「おそらく一〇前後の微小経路が存在しています」

「すべて同一の宇宙に繋がっているのか？」

「それははっきりしませんが、おそらく別の宇宙でしょう」

「その経路の幅ってどのぐらいなんだ？」嵐が訊いた。

「プランク長のオーダーだ」光弘は答えた。

「それってどのぐらいの長さなんだ？　人間は通れるのか？」

「だいたい一・六掛ける一〇のマイナス三五乗メートルだ」

「何だって？」

「一・六ミリメートルの一兆分の一の一兆分の一のさらに一億分の一だ」

「だったら、何も心配ないじゃないか」嵐はほっと胸を撫で下ろした。

「いや。安心はできないと思う」光弘は反論した。「エネルギーや情報が送れるとしたら、我々より遥かに進んだ科学力をもつ文明にとっては、我々の世界の運河や鉄道や高速道路のようなものかもしれない」

「これはまずいかもしれないな」村松は言った。「今まで、我々が直接もしくは間接的に接触した異星人はケムール人、キール星人、セミ人間、火星人、バルタン星人、ダダ、メフィラス星人、ザラブ星人、ゼットン星人、ルパーツ星人、そしてウルトラマンだ。一一種の異星人のうち友好的だったのは、ルパーツ星人とウルトラマンの二種のみだ。今後別の宇宙の文明に接触したとしても、それが友好的だと期待はできない」

「セミ人間とバルタン星人は同一種族だという説もありますけどね。ケムール人とゼットン星人も」光弘が補足した。

「それでも、九種中七種までが敵対的だった訳だから、油断できないわ」明子が言った。

「火星人は敵対的とまでは言えないんじゃないかな。自衛のつもりだったみたいだし。それから、メフィラス星人も地球に野心は持っていたが、攻撃的ではなかったよ」

「ストレートな悪意はないにしても、地球人にとって害があるなら、それなりの対処が必要だ」村松が言った。

「ああ。ウルトラマンがいてくれたらなぁ」嵐が言った。

「そんなこと言っても、帰っちゃったんだから、仕方がないじゃない」明子が答えた。

「井手、ウルトラアーマーの実戦配備はいつぐらいになりそうなんだ？」嵐が尋ねる。「いつまで試験運用のままなんだ？」

「僕としてはすぐにでも可能だと思うんだけどね」

村松は首を振った。「今回の事故を見ても、まだ危険過ぎるのは明らかだ」

「我々以外にも、米中欧露などが独自の新兵器を開発しつつあるという噂よ」

「あとはウルトラマンの帰還に望みを託すしかないか」嵐が言った。

「ウルトラマンと言えば、早田の方の検査はどんな感じだ？」村松が言った。

「今日もパターン照射検査を行う予定です」光弘が答えた。

「まだ続けているの？」明子は不快そうな顔をした。「何か月も検査ばかり続けてるなんて、全く人権蹂躙《じゅうりん》だわ」

「しかしね、富士君」村松は宥めた。「状況から考えて、早田はウルトラマンと深い繋がりがあった。……いや。はっきり言うなら、彼自身がウルトラマンであったと考えるのが合理的なんだ。だとしたら、彼の中になんらかのウルトラマンの痕跡が残っていてもおかしくないんだ」

「みんなは、早田さんをもう一度ウルトラマンにして、怪獣や異星人と戦わせるつもりなんでしょ！」

「別にそういう訳じゃないよ」

「じゃあ、どういう訳なのよ?!」光弘が言った。

「それはつまり……」

「早田に負担を掛け過ぎているのはわかっている。きっと凄い重圧だろう」村松が言った。

「しかし、ウルトラマンは我々にとって重要な戦力なんだ。もちろん、科特隊が倒した怪獣も多い。しかし、それはあくまでウルトラマンとの共同作戦の結果なんだ。もし、ウルトラマンが出現しなかったら我々はどうなってしまったと思うんだ？」

「だからって、早田さんを未来永劫こき使うのは間違ってるわ」

「別にこき使おうって訳じゃないんだ。我々は常に早田の意思を尊重することにしている。今回の実験も早田の承諾は得ているんだ」

「断れない雰囲気だったのかもしれないわ。だとしたら、強制しているも同然だわ」

「わかった。今回の実験には全員で立ち会おう。そして、早田の心情を君自身が確認してくれたまえ」

◇

「ウルトラマンが現れている時に早田の姿を確認した者はいない。つまり、ウルトラマンと早田は同時に存在できなかったと考えられるんだ」科特隊基地の廊下を歩きながら、光弘は説明した。「ウルトラマンが出現するようになる直前、早田の乗ったＶＴＯＬ《ビートル》は謎の発光体とぶつかって墜落するという事故にあった。おそらくあのタイミングでウルトラマンは早田に憑依《ひょうい》したんだ。人間に憑依する能力を持った異星人としては、バルタン星人がいる。ウルトラマンが似たような能力を持っていたとしても不思議ではない」

「考えてみると、俺もバルタン星人に憑依されたんだよな」嵐が言った。

「憑依されていた時の記憶はあるの？」明子が尋ねた。

「はっきりした記憶はないな。何だか夢を見ていたような感覚だった気がするけど」

「ウルトラマンがゼットンとの戦いに敗れた後、ウルトラマンの同族と思われる存在――なぜか、『ゾフィー』という女性名のコードネームが付けられている――が現れて、ウルトラマンを救出して宇宙へと帰っていった。その時にウルトラマンは早田から分離したと考えられる。早田は飛行機事故から後の記憶を完全に失っていたんだ」

「つまり、事故から後の早田は早田ではなく、ウルトラマンだったということなのか？」嵐が尋ねた。

「そういうことになるが、バルタン星人に憑依されていた時の嵐がふだんの嵐とは全く別人のようだったことに較べると、早田はそれ以前と特に違いはないように思えた。ひょっとすると、ウルトラマンと早田の人格はある程度融合していたのかもしれない。もしくは、ウルトラマンが早田の記憶を利用して早田になりすましていたんだろう」

「どうして、ウルトラマンはそんなことをしたのかしら？」

「地球で活動するには、地球人に溶け込む必要があったからだろう。あと、活動時間が三分間に限定されているため、戦闘時以外は人間形態になる必要があったのかもしれない」

一行はパターン照射実験室に到着した。

早田進は隔離された小部屋に横たわっており、その様子は遮蔽処理を施した特殊ガラスを通して見ることができた。麻酔などはかけられておらず、目を開けて覚醒した状態だった。

「早田さん、大丈夫？」明子は心配そうに言った。

「ああ。全く問題はない」早田は快活に答えた。「そもそも実験はまだ始まっていない」

「井手さん、早田さんに何をするつもりなの？」

「ウルトラマン出現時には、核融合起源と推定される放射線が観測されていたんだ。その波形は特定のパターンを示している。同じパターンはウルトラマンがなんらかの能力を使用する時にも表れる。つまり、電磁波や超音波のパターンとしてね。僕たちはそれをパターン・ウルトラマンと呼んでるんだ。これから、早田に照射するのは、そのパターン・ウルトラ……」

「早田さんに放射線を照射するの！」明子は今にも殴りかかりそうな剣幕だった。

「いや。そうじゃない。パターンを同じにするだけで、放射線を照射する訳じゃない。電波や遠赤外線を当ててるだけだ」

「電波や遠赤外線だって、強ければ死んでしまうわ」

「富士君、落ち着くんだ。早田に照射する出力は通信機の電波の一〇分の一に過ぎない。それでダメージを受けることはあり得ない」

「井手さん、あなたは嘘を言ってるわ」

「何だって？」

「わざわざ実験するってことは、そのパターンを照射することで、早田さんに変化が起きることを期待してるんでしょ？」

「まあ、そうだけど……」

「その変化が早田さんにとって、有害である可能性はあるんじゃないの？」

「富士君、もういいんだ」早田が言った。「照射する電波は極弱いもので、おそらく何も起こらない。もし起こったとしても、僕には覚悟ができている。昨日今日に覚悟したんじゃない。科特隊員になった時から覚悟はできているんだ」

「何を言ってるの？　あれだけ人類のために尽くしてくれたあなたが犠牲になる必要はないのよ」

「人類のために尽くした、か……。富士君、僕は何も覚えていないんだ。地球や人類や君たちを守ったと感謝されても、それをやったのが僕だとはとても思えない」

「いいえ。あなたはヒーローよ」

「ヒーローは僕じゃない。ウルトラマンだ」

「あなたがウルトラマンなのよ」

「ウルトラマンだったんだ。彼はもうここにはいない」

「そんなことはない。もし彼が去ったとしてもあなたには何かを残しているはずよ」

早田は目を瞑《つぶ》った。「そうだったらいいのに。そうだったら、自分をヒーローだと信じられるのに……。富士君、もし僕の中にウルトラマンが少しでも残っているとしたら、この実験で証明できるかもしれない」

「早田さん……」

「さあ。そこで、見ていてくれ。本当に僕がヒーローなのかどうか」

明子は言葉を失い、その場に立ち尽くした。

「パターン照射準備」光弘が指示した。

技師たちが慌ただしく、装置の調整を開始した。

「出力一〇ミリワット、照射時間〇・一秒」井手が言った。

「出力一〇ミリワット、照射時間〇・一秒」技師が復唱した。

「照射開始」

「照射開始」

照射を示すランプが一瞬点灯しただけで、特に何も起こらなかった。

「反応は？」光弘が尋ねた。

「早田隊員の身体からパターンは検出できませんでした」

「照射時間を〇・二秒にしよう」

明子は心配そうに光弘の顔を見た。

「照射開始」

「照射開始」

技師は数値を確認している。

「照射時間〇・五秒だ」光弘は言った。

「その必要があるの？」明子が言った。「長時間の照射は無害だって、確信はあるの？」

「〇・二秒で全く反応がなかったんだ。〇・五秒で様子を見るのが合理的だと思う」

「井手の言う通りだ」早田が言った。「反応が出るまで時間を延ばしてくれ」

「照射開始」

「照射開始」

やはり反応はない。

「これで中止すべきだわ」明子が提案した。「これ以上やっても結果は同じよ」

光弘は考え込んだ。

「どうなんだ、井手？」村松が尋ねた。

「もし、いくらやっても、反応がないのなら、さらに一回か二回、実験を続けても危険はないはずです。時間を延ばしながら、反応が出た時点で実験を中止し、再検討すれば問題はないと考えます」

「積算で考えてる？　現時点で合計〇・八秒よ！」明子は喧嘩腰になっていた。

「次は一・〇秒照射する」光弘はついに明子を無視した。

技師たちは装置を再設定した。

「こんなの人体実験だわ」

「照射開始」

「早田さん、すぐその部屋を出て」明子はドアを開けて、小部屋に入り込んだ。

「あっ！」光弘が叫んだ。

「もう照射開始しています」

小部屋が閃光に包まれた。

各種警報がいっせいに鳴った。

「井手、何があった?!　閃光で目が眩《くら》んでしまった！」村松が言った。

「僕もです」光弘は答えた。「早田、嵐、富士君、大丈夫か？」

「俺は大丈夫だ」嵐が答えた。

「早田、富士君?!」

返事はない。

「技術メンバーのみんなは？」

「我々は大丈夫です」

「音から判断すると、異常振動と放射線です」

「放射線?」

「警報の原因は?」

少しずつ目が慣れてきた。

小部屋の中に早田と明子が倒れていた。

「二人をすぐに医務室に運べ!」村松が命じた。

「井手隊員、反応が記録されています」技師が言った。

じゃあ、今の閃光はウルトラマンの?

井手はデータを確認した。「これは……」

「井手、早田からの反応はどうだった?」村松が尋ねた。

「違う。これは早田じゃない」

「どうした? 早田がウルトラマンに変身し掛かったのではないのか?」

「違います。この反応は……」

井手の言葉は実験室の壁が崩落する音にかき消されて、村松の耳には届かなかった。

「……パターン・メフィラス」

小部屋の中が再び輝き始めた。

◇

明子は目覚めた時、自分が寝ているベッドがまるでベビーベッドのようだと思った。身体を丸めないと横になっていることすらできない。

ベッドの上で身体を起こした。

点滴チューブや各種測定器のケーブルが全身のあちこちに取り付けられていた。着ている服も申し訳程度に身体の前面を隠しているだけで、まるでエプロンのようだった。しかも、かなりサイズが小さい。

馬鹿にしてるわ。こんな服を着せるなんて。

明子は病室の中を見渡した。

これほど殺風景な病室は見たことがなかった。白い床、白い壁、白い天井。ドアは一つあったが、窓らしきものはない。照明らしきものも見当たらなかったが、天井全体がぼんやりと光っているらしい。

部屋の中にあるのは、ベッドの他にはごちゃごちゃとしたまるでジャンク部品の集合体のような装置だった。可動式のラックの中に雑然と収められている。

つまり、この装置は既製品ではない訳ね。きっと井手さんか、岩本博士の作品だわ。でも、どうしてこんなものを？　そもそも何を測っているのかしら？

軽い立ち眩みのようなものを感じた。装置やベッドや部屋全体が脈動しているように大きさが変動して見えた。

明子は眉間を押さえた。

いったい何があったのかしら？

たしか早田が実験されている小部屋に飛び込んだ途端、閃光が走ったことが思い出された。だが、その後に何が起こったのかは思い出せない。

きっと、あの閃光はウルトラマンのものだわ。だとしたら、早田さんはウルトラマンに変身したのかしら？　それとも……。

なんらかの事故が起きたのではないかと、明子は疑った。

いったいここはどこかしら？　科特隊基地の附属病院にはこんな病室はなかったはずよ。でも、この部屋はどこかで見たような気がする。

しばらくかかって、ここが宇宙人や未知の物体の隔離検査室だということに思い至った。

でも、どうしてわたしが？

明子は誰かを呼んで質問しようと思い、ナースコールを探したが、それらしきものはどこにもなかった。

ここは病室じゃないから、ナースコールがないのは当然だわ。じゃあ、どうやって誰かを呼べばいいのかしら？　あっ。隔離検査室なら、ずっと行動をモニターされているはずよね。

「ねえ。誰か見てるんでしょ？　すぐここに来て、何が起こったのか、わたしに説明して」

明子は天井に向けて大声で言った。そして、一分ほど待った。

返事はない。

今ちょうど誰もモニターしていないのか、それとも答える気がないのか。

説明もなしにこんな小さな部屋に押し込められていることにだんだんと腹が立ってきた。

明子は立ち上がった。そして、点滴以外のケーブル類をすべて取り外した。点滴スタンドを摑むと、それを押しながらドアへと向かった。

がたん。

一歩目でバランスを崩してしまった。天井に頭をぶつけたのだ。

えっ？　天井？

明子の身長は一五五センチメートルだったはず。いくらなんでも、こんなに天井が低い部屋があるはずがない。

いつの間にか点滴スタンドの高さが腰辺りまでになっていた。しかも、自然に針が抜けてしまっている。

とりあえずドアを開けようかしら。

明子は腰を屈めて、ドアへと向かった。

遠近感がおかしくなったのか、大きさがふわふわして、距離がよくわからない。試しに手を伸ばしてみると、ドアノブに触れた。

何、これ？　おもちゃのドア？

そう思った瞬間、ずんと天井が落ちてきた。

だが、痛みはない。

頭の上から、ぽろぽろと灰色の欠片《かけら》が落ちてくる。

拾い上げて確認する。

コンクリートかしら？

上を見上げると、天井に蜘蛛の巣のような亀裂が入っていた。

まさか、建物が倒壊しかかっているの？

明子は恐怖を感じドアを開けようとした。

だが、ドアには鍵が掛かっていた。

「どういうこと？　なぜ、鍵が掛かっているの？　開けて‼」明子は叫んだ。

だが、やはり反応はない。

こうなったら、なんとかしてドアをこじ開けてやるわ。

明子は腕に力を入れた。

けたたましい音がして、ドアノブが壊れた。同時に警報が鳴り響く。

明子は壊れた部分に手を突っ込んでドアを開けようとした。

何、これ？　欠陥製品？

その時、激しい眩暈《めまい》がした。

どん。

明子は床に手を突いてしまった。左手で上半身を支え、右手を再びドアに伸ばす。

だが、ドアに触れようとしたその瞬間、ドアはいっきに遠のいた。それだけではない。全ての壁と天井が明子から急速に遠ざかっていった。そして、さっきまで見下ろすことのできたベッドは突然大きくなり、床に手を突いている明子の頭より高くなった。

明子は何が起こっているのか、必死に理解しようとしたが、眩暈はどんどん激しくなり、やがて気を失った。

◇

「全く迂闊でした」光弘が言った。「富士隊員の身体に起きていた異変を見逃してしまうとは」

「しかし、君、メフィラス星人に巨大化された後、彼女には徹底的な検査が行われているはずじゃないか」村松が言った。

悪質宇宙人メフィラス星人は以前、地球に侵攻してきたとき、自らの能力を誇示するため、ケムール人、バルタン星人、ザラブ星人といった強力な異星人たちを支配すると共に、明子を巨大化し、自由に操ったのだ。

因《ちな》みに、巨大化している間の彼女は怪獣の条件を満たしていたため、科特隊のパリ本部は怪獣としてのコードネームを「巨大フジ隊員」としたが、このことは明子自身には知らされていない。うら若き乙女が怪獣扱いされては、耐え切れないのではと思った村松の配慮である。

「われわれは、メフィラス星人がなんらかの物理的な手法を使ったと考えたのです。だから、放射能や残留磁場など物理学的な痕跡は綿密に調べましたが、生物学的な検査は細菌汚染の有無など通り一遍のものだったのです」

「完全に手抜かりじゃないか」

「しかし、当時、異星文明にここまでのことができるとは誰も想像だにしていませんでした」

「それで、彼女にいったい何が起こってるんだ?」嵐は痺れを切らしたようだった。

「まずはこの画像をご覧ください」光弘がディスプレイに電子顕微鏡写真を映し出した。

あまり明確ではないが、どうやらぼんやりと二重螺旋構造のようなものが見て取れた。

「これを画像処理で鮮明にします」

画面にお馴染みの化学物質の構造が現れた。

「DNAか」村松が言った。

「はい。これは富士隊員の細胞から採取したDNAの顕微鏡観測データから抽出したデータを元にしたグラフィック……」

「技術的な説明はいいから、結論を言ってくれ」嵐が言った。

「この画像をよく見てください。何か奇妙なものはありませんか?」

「これは何だ?」村松は小さな構造物を指差した。

「超機能性分子――ナノロボットです」

「ナノロボット?」

「はい。このような超小型の自立型のロボットが彼女のDNAに纏わりつくように活動しています。一つの遺伝子当たり約一個です」

「人間の遺伝子は細胞一つ当たり約二万個と言われているから、二万個のナノロボットが潜んでいるということか」

「全身だと約八〇京個になります」

「メフィラス星人はこれだけの数のナノロボットを生産したということか?」

「いいえ。おそらく最初は僅かな数だったと思われます。鼠算式に増殖し、細胞から細胞に広がっていったのでしょう」

「具体的にこいつは何をしてるんだ?」

「遺伝子の活動に関与して、発現形質を強化させたり、変化させたりしているようです」

「つまり、このナノロボットが本来人間の遺伝子にない巨大化能力を発現させるということなのか?」

「その通りです」

「しかし、どうして今まで大人しくしていたナノロボットが突然活動を再開したのだ? メフィラス星人は時限スイッチを仕掛けていたのか?」

「おそらくそうではないでしょう。メフィラスは単に自らの力を誇示したかっただけだと思われます。もし、罠を仕掛けるなら、このタイミングで発動する必要はありません」

「じゃあ、何が原因なんだ?」嵐が言った。

「原因は僕だ」光弘が言った。

「おまえが?」

「僕が早田に照射したパターン・ウルトラを富士隊員が浴びてしまった」

「だけど、あれは極弱い電波だって話だったじゃないか」

「この場合、パワーは関係ない。大事なのは、その情報だ。メフィラスのナノロボット――仮にメフィラスボットとしておこう――はパターン・ウルトラを感知して、対応策をとろうとしたんだ。つまり、切れていたスイッチを僕が入れてしまったんだ。富士隊員は一秒間の照射で、一時的に身長三メートルの巨体になり、巨大化の衝撃のみで、この基地の一部を破壊してしまった」

「メフィラス星人は富士隊員を巨大化させて、ウルトラマンと戦わせるつもりだったのか?」村松が顔色を変えた。

「メフィラス星人の意図が何だったのかはわかりません。ただ、実際には発動させるつもりがなく、予備的に備えていた機能が偶然発動した可能性もあります」

「そのナノロボットのスイッチをもう一度オフにできないのか?　パターン・ウルトラの照射でオンになったのなら、別のパターンの照射でオフにできるんじゃないのか?」

「すでに、何十種類ものパターンを照射してみました。パターン・メフィラスも含めてです。しかし、どのパターンにも全く反応はありませんでした。ただ一つパターン・ウルトラだけには反応がありました」

「どうなったんだ？」

「この実験では、数ミリメートル大の皮膚サンプルを使用し、それにパターン・ウルトラを照射し続けました。念のため、異常があればマルス133を自動照射する安全装置とさらに実験系全体をバリヤーで包みました。これがその結果です」

画面が動画に切り替わった。

シャーレの上に白いサンプルが載っている。明子の皮膚片のようだ。

「パターン・ウルトラ照射開始」光弘の声が聞こえた。

照射装置のランプが点灯する。

数秒後、突然皮膚片が膨れ上がった。白い塊がみるみる数十センチメートルの大きさになった。

「マルス133起動します」合成音声が流れた。

白い塊が吹き飛んだ。だが、それはバリヤー内部で、活動を続けていた。さらに何発もマルス133が発射された。

「細胞の殲滅までに三〇分以上の時間が掛かりました」

「じゃあ、もし富士隊員になることで今のと同じパターンが照射されたら……」村松は息を呑んだ。

「再び、巨大フジ隊員になるでしょう。あるいは、さらに巨大化するかもしれません」

「スイッチは切れないまでも、なんとか巨大化を食い止めることはできないのか？　単に細胞分裂が活発化して組織全体が同時に肥大化するだけなんだから」

「お言葉ですが、キャップ」光弘は各種データを画面に表示した。「単に巨大化するだけでは、ありません。人間の組織のままで、四〇メートルになった場合、すべての組織が自重に耐えられなくなります。皮膚は重さに耐えきれず、張り裂けてしまいますし、筋肉はすべて千切れてしまいます。骨格も粉々に砕かれてしまうはずです」

「では、富士隊員の肉体は単に量的に変化しただけではなく、質的な変異が発生したということなのか？」

「はい。巨大フジ隊員の質量は、ビルや道路の破損状態から約一万トンであったと推測されています。平常時の彼女の身長体重から推測して、巨大化時の体組織の密度は水の約一一倍だったことになります。もし元の大きさのままの富士隊員の身体の密度が水の一一倍になったとしたら、体重は六〇〇キログラムほどになっていたはずです」

「水の一一倍……鉄よりも重い。銀と同じくらいだ」

「はい。人間の身体を構成している水や蛋白質と同じ物質だとは考えられません」

「しかし、一万トンもの未知の物質をどこから供給するんだ？　魔法じゃあるまいし」嵐が疑問を呈した。

「魔法だろうね」光弘が言った。

「おい。仮にも科学者がそんな非科学的なことを言っては駄目だろ」

「嵐、君はクラークの第三法則というのを聞いたことがないか？」

「あれだろ。『ロボットは人間を傷付けてはいけない』とかそういうやつだ」

「それはロボット工学三原則だ。クラークの第三法則というのは『充分に発達した科学技術は魔法と区別が付かない』というものだ。究極の科学はまさに魔法そのものになってしまうんだ」

「魔法だったら、太刀打ちできないじゃないか」

「いや。魔法であっても、その正体は充分に発達した科学技術なんだ。時間さえあれば、手順を踏んで必ず解明できる」

「残念ながら、我々にはそれほど時間はない」村松が深刻な表情で言った。「こうしている間に、富士隊員の肉体が変異してしまうかもしれないのだ。そして、再びあのような姿になったら、科特隊は怪獣として処理するしかなくなってしまう」

「富士君が怪獣？　それは酷《ひど》い！」光弘は不満を述べた。「もし巨大化しても、今回はメフィラス星人の支配下にないんですから。彼女も理性的な行動がとれるはずです」

「パリ本部はそれでは納得しないだろう。我々がウルトラマンに協調的な作戦を立てることすら、最後まで懐疑的だった」

「技術の中身を解明する必要なんかないんじゃないか？」嵐が言った。「要は、メフィラスボットが悪さをしてるんだろ。こいつらを駆除してしまえばいいんだろ？」

「各細胞の中に二万個ずつ潜んでるんだぞ。そう簡単に駆除などできるものか。それに、仮に駆除する方法が見付かったとしても、単純なやり方では彼女が危険だ」

「どうしてだ？　メフィラスボットを駆除すれば、効果もなくなるはずだろ」

「いや。実はメフィラスボットは単に富士隊員のＤＮＡに纏わりついているだけじゃないんだ。自分たちがうまく活動できるように、その中身を組み換えてしまっている」

「ちょっと待ってくれ。話についていけない」村松が言った。「富士隊員の遺伝子が組み換えられているということか？」

「はい。それも、細胞ごとに別々の組み換えが行われています。組み換え遺伝子の割合は三〇から七〇パーセントです。メフィラスボットは組み換えられた遺伝子と協力して形質を発現させているようです。つまり、単純にメフィラスボットを駆除した場合、残された組み換え済みの遺伝子が正しく機能するという保証はありません」

「遺伝子の修復はできないのか？」

「元の彼女のゲノムがどこかに残っているなら、修復できる可能性はあります。ゲノムから抽出した本来の遺伝子を特殊なベクターで、瞬時に全身の細胞にいきわたらせればいいんです」

「そんなことができるのか？」

「わかりません。ただ、メテオールを使えば、あるいは」

「メテオールを医療用に使用することは許可されていない」

「知っています。だが、これ以外に彼女を助ける方法はないのかもしれません！」光弘はやや激昂して言った。

「落ち着くんだ、井手」村松は光弘を諫《いさ》めた。「そもそも彼女の本来のゲノムはどこかに残っているのか？」

「メフィラスに巨大化させられる以前の健康診断で採取された血液などを探したのですが、すべて破棄されていました」

「髪の毛や爪から採取してはどうだ？」

「それらもすでにメフィラスポットに感染していました」

「だとすると、修復の可能性はしばらく棚上げだな」

「そうなりますね」光弘は肩を落とした。

「とりあえず、今は様子を見るしかないだろう」村松は声を落とした。「それから、このことはパリ本部には連絡しない」

光弘と嵐は村松の顔を見詰めた。

「富士隊員の遺伝子が大幅に組み換えられているとすると、それは人類のゲノムとは言えない状態だな」

「はい。しかし、外面的には彼女は人間のままです」

「外面が信用できないことは今までもたびたび経験してきた。もし彼女のゲノムが人間のものとして認められなければ、彼女は侵略者、もしくは侵略者の兵器だと判断されてしまうかもしれない」

「まさか。彼女は人間ですよ」

「可能性の問題を言ってるんだ。今、報告したら、本部はどう判断するか予測が付かない。だから、状況が落ち着くまでは情報を伏せておくつもりだ。二人は何か意見があるか？」

「俺はキャップに賛成です」嵐が言った。

「僕も異存ありません」光弘も答えた。「しかし、本部の注目が早田に集まっていて、助かりましたよ。おかげで富士隊員はノーマークです」

「早田の方はどうなんだ？」村松は尋ねた。「国連軍に連れていかれたままか？」

「厳密に言うと、国連の組織ではあるが、国連軍ではないそうです」

「細かいことはいい。何か変化はあったか？」

「特に何の連絡もありません。とにかく、彼らは今回の事故の原因を早田だと思い込んでいるようです。おそらく何も変わったところが見付からなければ、無罪放免でしょう」

「早田には気の毒だが、当面犯人役を引き受けてもらうしかないだろうな」

「まさか早田の遺伝子にもナノロボットが侵入しているということはないだろうな。もしそうだったら、あいつが怪獣扱いされちまうぞ」嵐が言った。

「その点は大丈夫だ。すでに確認している。早田のＤＮＡはクリアだ。ウルトラマンの痕跡はない」

「喜ぶべきことなんだろうが、あいつ、それを聞いたらがっかりしそうだな」村松はしみじみと言った。

◇

「ウルトラアーマーの技術を国連軍に渡せというんですか?! まさか承知したんじゃないでしょうね」あまりのことに、光弘の声は裏返った。

「本部からの要請だ。そして日本支部も承諾した」

「キャップは反対してくれなかったんですか?」

「わたしには反対する権限はない。ただ、反対意見は述べておいたが、予想通り無視されたよ」

「ちゃんとした説明をして貰わないと僕が納得できませんよ」

「井手、おまえに命令を拒否する権限はないぞ」

「権限なんか関係ありません。僕がその気にならなければ、技術の受け渡しは不可能なんですから」

「命令を拒否する気か?」

「拒否したからって、どうなるんです? 日本には軍法会議はありませんからね。普通の裁判所でじっくり争うつもりですよ」

「ところが、そんな訳にはいかないのだよ、井手君」背後から突然、薄汚れた白衣を着た長髪の人物が話し掛けてきた。

「ひぇええ!」光弘は悲鳴を上げた。

「驚かせてすまない。わたしは国連から対怪獣兵器研究を委託されている者だ」その人物は英語で話し掛けてきた。どうやら日本人ではないらしい。

「失礼ですが、お名前をお伺いしてよろしいですか？」光弘は尋ねた。

「インペイシャント」

「えっ？　それが本名なんですか？」

「それは重要なことではない。君はわたしに対する呼び掛けの言葉がないと不便なんだろう？　だったら、インペイシャントと呼べばいい。それだけのことだ」

「先ほど、『そんな訳にはいかない』とおっしゃいましたが、どういう意味なんですか？」

「悠長に裁判で争っている暇はないということだ」

「それはそっちの都合でしょう。僕は争う気ですよ」

「もし君が素直に渡してくれなければ、即時、国連は日本政府と特別な条約を結ぶ予定だ。それによって、君のウルトラアーマー技術は我々に移管されることになる」

「だから、僕が拒否したら、それは不可能なんですよ」

「もし頑《かたく》なに君が拒否した場合、君の身柄は我々に引き渡されることになる。そして、我々は目的を達成するためには、手段を選ばない。薬物・催眠術・手術、どれを使おうが我が国の法律に触れることはない」

光弘はごくりと唾を飲み込んだ。「いや。僕は日本人なので、あなたの国の法律で縛られることはありませんよ」

「だから、それを可能にするための条約なのだよ。そろそろ理解してくれたまえ。それに、なぜ我々が君の技術を必要としているかを知ったら、君も積極的に協力してくれると思うがね」

「どんな理由があるというんですか？」

「怪獣と戦う手段を手に入れるためだ」

「ウルトラアーマーはウルトラマンが去った地球で怪獣と戦うための唯一の手段です」

「ウルトラアーマーにそれだけの力はない」

光弘はぎくりとした。

確かに力不足は感じていた。しかし、アーマーをこれ以上強力にすることは技術的にも倫理的にも極めて困難だった。

「アーマーに装着されている最も強力な武器は何だ？」

「スパーク8です」

「無重力弾は？　宇宙恐竜ゼットンを倒したのだろう？」

「あれはまだ試作段階です。ゼットンを倒した弾頭と同じ性能を持つものはまだできていません。しかし、いずれ同一性能のものが量産できるでしょう」

「そんなものができるのか？」

「えっ？」

「岩本博士は優秀かもしれないが、君やわたしとは別の種類の人間だ」

「何をおっしゃっているのですか？　岩本博士は現代における最高の頭脳の持ち主です」

「そもそもの出発点が間違っているのだ。彼の発想をいくら発展させても、まぐれで強力兵器ができることを期待するしかない。その点、我々は出発点からして違う。君はウルトラマンが宇宙忍者バルタン星人を倒すのを見て、スペシウム光線を複製しようとした。違うかな？」

「はい。確かに、わたしはスペシウム光線のコピーとして、マルス133を開発しましたが、それは技術者として、普通のことだと思います」

「しかし、君は実際にウルトラマンを調べた訳ではなく、観測データのみからスペシウム光線を再現した」

「充分なデータがあれば、誰でも可能だったでしょう」

「ウルトラマンと怪獣の戦闘データは世界各国の科特隊支部で共有されている。それ自体はメテオールではない。それなのに、マルス133を開発できたのは君だけだ。なぜだかわかるかな？」

「運が良かっただけでしょう」

「君は天才だからだ。君はわたしと似ている」

「何がおっしゃりたいのですか？」

「天才ゆえ、君は気付いているはずだ。ウルトラアーマーの開発をこのまま進めていっても、近い将来技術的な袋小路に入り込んでしまうと」

「確かに、そうかもしれませんが、現時点ではこれしか選択肢はありません」

「本当にそうかな？　すでにこの世界では、君とは別のアプローチで怪獣や宇宙人と戦おうとしている者たちがいる。先日のブルトン事件は知っているだろう？」

「はい。一時的に超次元微小経路が形成されたあれですね」

「あれは某国の開発した怪獣兵器だ」

村松と光弘は息を呑んだ。

「今、怪獣兵器とおっしゃいましたか？」光弘は自分の耳が信じられなかった。

「ああ。宇宙怪人セミ人間やキール星人や変身怪人ゼットン星人は怪獣を兵器として使用していた。地球人が兵器として使用してもおかしくはない」

「とんでもない。彼らの能力の殆どは科学的に解明されていません。そんなものを兵器として使用するなんて、正気の沙汰とは思えません」

「しかし、君もメテオールを兵器として使っているじゃないか」

「メテオールはあくまで物理現象を利用する工学的手法です。それも注意深く扱わなければ相当危険です。しかし、生物の危険性は桁違いです。生命は生き延びるためにはあらゆる手段を尽くします。どんな仕掛けを作って、彼らを支配しようとしても、生命は必ず抜け道を見付けます。怪獣兵器の開発は人類自身の手で自らの天敵を作る行為に他なりません」

インペイシャントはにんまりと笑った。「わたしも君と全くの同意見だよ。怪獣兵器は危険過ぎる。戦いは人間自身の手で行うべきだ」

「だから、わたしはウルトラアーマーを……」

「それでは、力不足だ」

「では、なぜあなた方はアーマーの技術を欲しがるのですか？」

「我々の技術と組み合わせるためだ」

「あなたがたもアーマーの開発を？」

「我々が開発しているのはアーマーではない。兵士だ」

「同じことです。兵士の強さは携行武器の強さで決まります」

「我々が開発しているのは、武器ではない。兵士そのものだ」

「どういうことですか？　ロボット兵士の開発をされているということですか？」

「ふん。ロボットでは、ウルトラマンの代わりにならんだろう。我々は我々自身のウルトラマンを作りたいのだ」

「それは不可能です。メテオールや怪獣兵器どころではありません。もし、そんな技術が悪用されたら……」

「しかし、その技術がなければ怪獣には勝てまい」

「そうは言っても、あなたがたにだって、ウルトラマンを作ることはできないはずだ」

「その通り。我々にはウルトラマンは作れなかった。だが、君が協力してくれれば話は別だ」

「わたしにだって不可能ですよ」光弘は苦笑した。

「そう。だから、我々は協力するのだ。口で言ってもわかり辛いだろう。まずはこの動画を見てくれたまえ」インペイシャントは小さな装置を取り出し、床に置いた。次の瞬間、装置の上の空間に仮想的な立体ディスプレイが現れた。

一人の人物の歩く映像だ。ほぼ全裸だが、全身に様々な装置が取り付けられている。目は血走っており、唸り声を上げ続けている。

「これが兵士ですか？ 少し様子がおかしいみたいですが、特に戦闘向きとは思えませんね」

「もう少し見ていたまえ」

突然、別の唸り声が聞こえてきた。

画面の中に怪獣らしきものが入ってくる。カメラが向きを変えると、そこにいたのは、二足歩行の肉食恐竜型の巨大な怪獣だった。色は黒く皮膚は細かい凸凹で覆われており、胸には大きな鱗状の組織がある。また、背中側の首の辺りから尻尾の先まで、灰色の板状の突起物が三列に並んでいた。前肢も充分に発達していて、自由にものを摑めそうだった。

「古代怪獣ゴメス！」村松は驚きの声を上げた。「まだ生きていたのか？」

「これが怪獣兵器ですか？」光弘は冷静に尋ねた。

「いいや。これは単なるレプリカに過ぎない。我々は日本政府が回収したゴメスやジラースなどの怪獣の骨格のいくつかを譲り受けたのだ。人工細胞と金属を混ぜて作ったナノ材料で包み、原子力駆動モーターで動かしている」

レプリカゴメスはゆっくり進み、そして、それをカメラが追っている。

やがて、先程の兵士とゴメスが対峙した。

「これは……」村松は唸った。

「レプリカゴメスの身長は？」光弘は尋ねた。

「オリジナルと同じ一〇メートルだ」

「では、あの兵士は……」

兵士の身長はゴメスの二倍はあった。

「そうだ。変身人間巨人だ」

「巨人は人間に戻ったはずです」

「日本に現れた巨人は人間に戻った。あれは我々が作った巨人だ」

「あなたは、人体実験を行ったのですか？」

「君たちだって、ウルトラマンに憑依された人物に人体実験を行って、事故を起こしたらしいじゃないか」

それを言われると、返す言葉はない。

巨人はレプリカゴメスを蹴り飛ばした。

ゴメスの身体は二つに折れ曲がり、壁に叩き付けられ、そのまま襤褸《ぼろ》切《き》れのようになり、床に崩れ落ちた。身体の形が崩れ、まるでスライムのようだ。

「ゴメスの全身の骨格が粉砕されたようだ」

「巨人化すると凶暴になるのではないですか？」

「脳に制御装置を埋め込んである。これで、非理性的な行動は抑制できる」

「いくらなんでも、それは違法でしょう」

「合法だ。なにしろ、我々は怪獣を相手にしなければならないんだ。人権なんかに配慮していたら、人類は滅亡してしまう」

光弘はインペイシャントの口調に全く悔恨の念がないことに気付いた。この男は人類のために苦渋の思いで、人体実験をしているのではないのだ。嬉々として、人間を怪獣兵器に改造しているのだ。

光弘は戦慄と吐き気を覚えた。

「巨人の戦闘力は拝見しました。これで、もう完成ではないですか？　どうして、我々の技術が必要なんですか？」

「巨人兵士が完成しているだって？　とんでもない。こいつはとんだ出来損ないだ」

「充分な戦闘能力を持っているように見えましたが」

「あれは本物の怪獣ではなく、レプリカだ。実戦に投入した場合、何が起こるかはわからない」

その点に関しては同意見だ、と光弘は思った。

「さらに、巨人は格闘技しか使うことはできない。ウルトラマンの真価はあの多彩な光線技にあるとは思わないか？」

「ウルトラマンが格闘技だけで倒した怪獣は多いですよ」

「ああ。君の論文は読んだよ。ウルトラマンはタイプチェンジして戦うというやつだな。格闘技が得意なタイプと特殊な効果を持つ技が得意なタイプと破壊力の強い光線技が得意なタイプの三つが存在するとか」

「はい。我々がAタイプと呼ぶ形態は、光線技としてはスペシウム光線と透視光線くらいしか使いません。その代わり多彩な格闘技で戦います。それに対し、Bタイプは、八つ裂き光輪、ウルトラアイスポット、ウルトラエアキャッチ、ハイスピン、テレポーテーション、ウルトラ念力といった特殊な能力を使用します。また、Cタイプはスラッシュ光線、キャッチリング、リバウンド光線、ウルトラサイコキネシス、光線白刃取りといった強力なパワーも持った光線技を多用します。おそらくウルトラマンは相手に合わせて、自らのタイプを変える能力を……」

「馬鹿馬鹿しい。日によって見掛けが変わることは人間でもよくあることだ。タイプチェンジなど持ち出す必要はない。それに、格闘技だけで、怪獣を倒せたのはたまたまだろう。我々はそんな偶然に頼る訳にはいかないのだ」

「しかし、人体から光線を発射することは不可能です」

「人体から発射することは不可能でも、アーマーからは可能ではないか」

「まさか、巨人にアーマーを装着させるつもりなのですか？」

「そのつもりだ」

「そんなことをして、もし巨人が暴走したら、どうするつもりなんですか？」

「その場合は怪獣としてのコードネームを付けるよ。そして、別の巨人兵士で倒すことになる」

「考え直す気はありませんか？」

「考え直す気はない」

この男に逆らうことはできない。もし逆らえば、自分は廃人にされてしまうだろう。

光弘は確信した。

第2章　異生獣《スペースビースト》

光弘が国連の秘密研究所に出向してから早くも半年が経っていた。

その間に二つの成果が出た。

一つは巨人の身長を四〇メートルまで向上させたこと。もう一つはその大きさの巨人に対応した巨大アーマーを開発したことだ。

巨人がこのアーマーを身に纏えば、理論上はウルトラマンと同等の戦闘能力を発揮できるはずだった。ただし、それはあくまで理論上のことであり、実際には遥かに及ばない、というのが光弘の偽らざる見解だった。

インペイシャントはレプリカ怪獣との対決を長官に見せ付けて、武装化した巨人の戦闘能力を誇示していたが、レプリカは本物の怪獣とは全く違うことに光弘は気付いていた。

本物の怪獣は動きに切れ目が全くないが、レプリカ怪獣はコンピュータ制御されているためか、動作と動作の間に切れ目が存在した。それはいったん停止するというような類ではなく、ある種の不連続性だった。

　他の技術者にとって、その切れ目は存在しないものだったが、実戦を積んだ光弘の目には明らかな隙が見て取れた。おそらく巨人は本能的にその隙を狙って攻撃するため、一撃で勝負が付くのだ。

「何か不満があるのか、井手君？」ある日、インペイシャントが言った。

「いえ。別に……」

　不満はあったが、光弘はそれを言葉にすることに困難を感じていた。彼自身二つの矛盾する不満に板挟みになっていたのだ。

　一つ目の不満は巨人という制御できているかどうかもはっきりしない存在にメテオール技術をふんだんに使用したウルトラアーマーを装着させているという無謀さに対するものだ。これは人間の能力を完全に超えた領域に踏み込んでいることは誰の目にも明らかだった。制御できなくなった場合の恐ろしさは核兵器の比ではない。インペイシャントは日々新しい実験を試みるが、実験結果についての確信は全くないのだ。この基地が壊滅していないのは、単なる幸運に過ぎないと言えた。

　一方、二つ目の不満は巨人の能力不足によるものだった。インペイシャントの主張にもかかわらず、巨人の能力はウルトラマンに対して明らかに見劣りがした。巨人が武器を使用するときは必ずオペレータのサポートを必要とするため、対応には必ず遅延が発生した。しかも、飛行能力については、おざなりで単なる飾りに近いお粗末なものだった。腰部に取り付けられたジェット噴射装置で、数百メートルかそこらの高さに空中浮遊させることはできたが、宇宙空間へ出ることはおろか超音速で飛行することすら不可能だった。これでは、空飛ぶ怪獣を追跡することは不可能だ。だが、インペイシャントはそんなことは問題にならないと豪語した。移動に際しては、国連軍の専用超音速輸送機を活用するし、実際の戦闘で飛行能力のある怪獣と戦うときは、ウルトラアーマーに装備されている誘導ミサイルで対処できる。だから、なんの問題もない。光弘にはそうは思えなかった。

光弘の心の半分はこの危険な計画を即刻中止すべきだと主張し、残りの半分は資金と人員を数倍に増やして、もっと完璧な対怪獣兵器にすべきだと主張していた。彼は自分の中の矛盾する衝動を扱い切れずに、日々苦しんでいた。

「不満がないのなら、もっと真面目に仕事に取り組んでもらわないと困るのだが。巨人の身体組織の突然変異率のデータ解析が全然進んでいないのはどういうことだ？」

「変異率の測定は破壊的なものになってしまうんです。現在の手法だと、被験者を測定するたびに、余計に突然変異を促進してしまうことになります」

「それでは正確な値が測定できないということか？　それでも、構わない。我々が知りたいのは、正確な数値ではなく、変異の傾向なのだから」

「そういうことではないのです。急激に変異が進行すると、被験者が人間の形態を維持することすら不可能になってしまうかもしれません」

「その場合は、新たなデータを取れることになって、一挙両得ではないか」

「しかし、被験者は人間の姿を失ってしまいます」

「そうだが、何か？」

光弘は言葉に詰まった。

この男は何がまずいのか、本当に理解していないのだ。

その時、警報が鳴り響いた。

「何があった?!」インペイシャントが研究スタッフに尋ねた。

「超次元微小経路が再び開いた模様です」

「パターン・ブルトンか？」

「いえ。今回はブルトンではありません」

光弘は手近にあるコンソールに飛びつくように座り、分析を開始した。

「これはパターン・ウルトラ？……いや。未知のパターンです。しかも、今度は隠そうともしていません」

「面白い。別の宇宙から堂々と侵略を開始しようというのか？」インペイシャントもデータの解析を始めた。「向こう側からこちら側へのエネルギーの移動が認められるな」

「凄まじい量です。すでに六〇テラジュールのエネルギーが流入しています。広島型原爆が放出したのとほぼ同じだけのエネルギーです」

「エネルギーの流入は停止した。超次元微小経路も消失したようだ」

「一〇〇テラジュールものエネルギーの流入を確認しました。これは大変なことです」

たか？」

「全地球観測網に繋げろ」インペイシャントが命じた。「どこかで大規模な爆発が確認できたか？」

「いいえ」研究スタッフが答えた。

「う～む」インペイシャントは考え込んだ。「特に問題はないようだ」

「爆発がなくても、これだけのエネルギーですから、問題ないということはないでしょう」

「エネルギーだと捉えるから、大騒ぎしているが、これを質量だと考えてみろ。ほんの一グラムほどだ。純粋エネルギーの形で来ると考える方がおかしい。一グラム程度の物体が到達したと考えるのが常識的だろう」

「だとしても……」

「その程度の物体は常に宇宙から地球に到達している。今回だけ、目くじらを立てるのは、他のリスクに対してバランスを逸している」インペイシャントは断言した。「もちろん、監視は続けるが、この点に関しては科特隊に任せよう。我々の出番ではないよ、井手君」インペイシャントは興味を失ったようで、その場から立ち去った。

光弘は今回のパターンをじっと見つめていた。

パターン・ウルトラとは別物だ。しかし、なぜ僕はこのパターンをウルトラマンのものと見誤ったのか？

光弘は激しい胸騒ぎを感じた。

◇

「出向、ご苦労さま」村松は報告のため一時帰国した光弘を労《ねぎら》った。「どうした？　浮かない顔だな」

「いろいろ葛藤がありまして……」

「インペイシャントと意見がぶつかったのか？」

「それもありますが、自分の内面の対立の方が深刻です」

光弘は自分が抱える矛盾点について説明した。

「よくわからんが、それは科学者が持つ普遍的な悩みなんじゃないか？　アインシュタインも自分の研究や大統領への進言が原爆開発の切っ掛けになったことを悔やんでいたというぞ」

「やはりウルトラアーマーの開発は間違いだったということでしょうか」

「いや。考え過ぎだぞ、井手」嵐が能天気な調子で言った。「おまえがやらなくても、原理的に可能なら誰かがきっとやってたさ。そしたら、もっと酷い殺戮兵器になっていたかもしれないし、全然間に合わなくて、怪獣のために人命が失われたかもしれない。おまえが開発してよかったのさ」

「そうならいいんだが」

「キャップ、怪獣出現です」すでに退院して職場復帰していた明子が言った。

あれ以降、一度三メートルほどの大きさになっただけで、それから異常な現象は起きなくなったらしい。だが、光弘の検査によると、まだメフィラスボットは活性化したままだった。本来なら、職場復帰もさせたくはないが、本人にも科特隊上層部にもメフィラスボットのことは秘密なので、これ以上、職場復帰を延ばす理由がなかったのだ。今はとにかく巨大化現象が起こらないことを祈るばかりだ。

「場所は？」

「首都上空です。ディスプレイに怪獣の様子を映します」

「何だ、これは？」隊員たちは絶句した。

画面にはあちらこちらから煙が上る焼け焦げた廃墟都市が映し出されていた。所々が赤く輝いているのは、火災が起こっているのだろうか。

そして、その上空には不気味な黒い飛行物体が舞っていた。全体のフォルムは人間に似ているが、長大な尻尾と巨大な翼が目を引いた。そして、細部を見ると爬虫類や齧歯《げっし》類の特徴もあった。頭部は三つあり、真ん中のそれはまるで悪鬼のような形相で、左右の一対は烏を思わせた。体長はおよそ五〇メートル、翼長は二五〇メートルに及んだ。

今まで様々な怪獣を見てきたが、このような形態は初めてだった。

これは別の宇宙から来たんだ。例の超次元微小経路を通ってきたのはこいつだ。

光弘は直感した。

一グラムあれば充分だ。地球の生物は一個の細胞にすべての遺伝情報を納めている。こいつは、他の宇宙から侵入し、地球で成長を遂げたのだ。

「キャップ、この怪獣を詳しく調査する必要があります。おそらく地球外の存在だと思われます」光弘は進言した。

「地球外か、確かに今までの怪獣とは異質なようだ。しかし、地球外にしては、地球の動物の特徴も併せ持っているように思えるが」

「それがおかしいのです。爬虫類と鳥類と齧歯類と人類の特徴を持つ生物など、進化論的にあり得ないはずです。地球起源とは考えられません」

「インペイシャント博士から連絡が入っています」明子が言った。「ディスプレイに映します」

「村松君、東京の状況はどうだ？」

「新宿が廃墟になりました。今から撃退を開始します」

「それは少し待って貰おう」

「何を言っておられるのですか？　あんな怪獣を放置する訳にはいきません」

「あの怪獣は巨人兵士の実地試験に適している」

「何とおっしゃいましたか？」

「あの怪獣は我々が倒す。君たちの手出しは無用だ」

「あなたがたが到着するまで、何時間も指を咥《くわ》えて、怪獣が街を破壊するのを見ていろとおっしゃるのですか？」

「心配しなくても、そちらにはあと一時間で到着する。日本付近での怪獣の出現率はその他の地域の八七倍に達するのだ。巨人兵士は日本に配備するのが合理的というものだ」インペイシャントは言った。「井手君!」

「何でしょうか?」

「我々が到着するまでにあの怪獣の体組織の分析を行っておいてくれ。それから、到着後は我々の部隊に合流して貰う。ウルトラアーマーのオペレーションを担当して欲しい」

「それはいくらなんでも、勝手なんじゃないですか?」光弘は抗議した。「わたしは科特隊のメンバーなんですよ」

「井手!」村松が言った。「インペイシャント博士に助力しろ」

「しかし、キャップ……」

「これは命令だ」

「……了解しました」

インペイシャントは口の端で笑うと、通信を切った。

「我々は彼らの部下ですか? 頭ごなしに命令されるのは納得いきません」

「本来、我々は怪奇事件の解決を担当する警察組織なのだ。今回のように、他文明の侵略が疑われるような状況では主導権を握ることは適切ではないのだ」

「だったら、対宇宙人用の専門組織を作ればいいんじゃないですか?」

「それについては準備中だ。君も知っているだろう。地球防衛軍の創設は来年だ。対侵略案件はそちらに引き継ぐ予定になっている」

「地球防衛軍と言えば」嵐が言った。「極東基地に所属するウルトラ警備隊という部隊に俺の双子の弟の配属が内定したらしい。お袋の実家の方の養子に入ったので、苗字は俺と違うんだけど」

そんな暢気な話を聞く気分じゃない。

光弘は嵐に黙っていてくれ、と言おうとした。

「あら。よく似た話もあるものね」明子が言った。「わたしにも双子の姉がいるのよ」

それは知らなかった。

「その話詳しく聞いていいかな？」光弘は言った。

「ああ。お袋の実家は古橋《ふるはし》と言ってだな……」嵐が言った。

「少し黙っていてくれ。僕は富士君の話を聞きたいんだ」

◇

「出現場所に残っていたあの怪獣の体組織のサンプル分析が終わりました」光弘はコンソールの前から立ち上がった。

「どうだった？」村松が尋ねた。

「様々な地球産の生物の遺伝子を取り込んでいます。人間、蜥蜴《とかげ》、鼠、鳥……」

「何のためにそんなことをしているんだ？」

「地球環境に適応するためかもしれませんね。あるいは、遺伝子を多様化して、自らを急速に進化させるためかもしれません」

光弘は他生物の遺伝子を取り込むメカニズムに驚嘆していた。この怪獣は遺伝子そのものがナノロボット――いや、ナノサイズの工場になっているのだ。目標の生物の細胞を取り込んで、分解するとともに、コピーを生産し、必要な部分だけを自分の遺伝子に組み込む。

このシステムをうまく利用することができるかもしれない。

しかし、他の生物の遺伝子を自由に利用するということはこの生物自体の実態は隠されてしまっているということだ。まるで影のように。そうだ。この怪獣の仮称は「影」でどうだろうか？

「村松君」インペイシャントが現れた。「井手君の準備はどうだ？」

「もう到着されたのですか？」村松が驚いたように言った。

「巨人兵士は準備ＯＫだ」インペイシャントは無表情なまま続けた。

「ちょうどよかった」光弘が言った。「今、体組織の分析が済んだところです。提案ですが、あいつの仮称は……」

「そうそう。あいつはビーストと仮称することになった」

「ビースト？」

「地球産の野生動物の特徴を持っているからだ」

僕のセンスには合わないが、まあわかりやすい方がいいんだろうな。

「巨人およびウルトラアーマーの制御室は超音速輸送機内にある。これから現場に向かうが、護衛のためビートルを出してくれるか？　戦闘力・防御力に不安があるのだ」

「了解しました」

村松、嵐、明子はビートルに、光弘はウルトラアーマー操縦のため、超音速輸送機に搭乗することになった。

二機は新宿上空へと向かった。

「どこが新宿だ？」インペイシャントは尋ねた。

「新宿らしきものはもはやありません」村松が通信機で答えた。「被害は港区や千代田区の方にも広がりつつあります」

ビースト・ザ・ワンは超音速輸送機とビートルを認めると、急速に近付いてきた。

「やつに見付かったようだ」村松が言った。「攻撃用意！」

「攻撃は禁止する」インペイシャントが言った。

「しかし……」

「先に、ビーストにダメージを与えてしまっては、巨人兵士の実力が測り難《にく》くなる。まずは巨人兵士に攻撃させる」

村松は唇を噛み締めた。「了解」

ザ・ワンは青色破壊火炎弾を発射した。

火炎弾はビートルを掠め、まだ燃え残っていたタワーマンションに命中した。マンションは一瞬で砕け散り、輝きながら、半径数キロメートルに四散した。

「高度を五〇〇メートルまで下げろ」

輸送機は高度を下げた。

「コンテナ投下」

格納庫が開き、パラシュートに引っ張られ、巨大なコンテナが飛び出し、そのまま落下していく。引き出すのに使われたパラシュートは落下速度を落とす役には立っていないようだった。

轟音を立てて、コンテナは廃墟の街に落下した。墜落地点には半径一〇〇メートルに及ぶクレーターが形成された。

ザ・ワンはコンテナに興味を持ったらしく、ビートルや輸送機から離れ、コンテナの方に向かった。

ビートルと輸送機はコンテナ落下地点を中心にした旋回飛行に入った。

「コンテナ開放準備します」技術スタッフが言った。

「まだ、開放するな。もっと、ビーストを引きつけるんだ」インペイシャントが言った。

「できれば一撃で倒したい。やつは飛行能力があるので、逃がすと厄介だ」

ほら。飛行能力のないことがネックになったじゃないか。

光弘はそう思ったが、口には出さなかった。

「井手君、打撃と光線、どちらが有利だと思うか？」インペイシャントが尋ねた。

「ビーストの防御特性がわからない状態ではなんとも言えません」

「そんなことはわかっとる。わたしは君の直感に期待しているのだ。あのアーマーは論理だけでは絶対に完成しない。君には常人にはない直感力があるのだ」

「単に根気があるだけですよ」光弘は答えた。「しかし、敢えて直感を使って答えるなら、打撃の方が有望かもしれません。ビーストは青色破壊火炎弾を発射して攻撃しています。つまり、同じタイプの遠隔攻撃については、すでに想定して対策を施している可能性が高いと思います」

「よろしい。打撃攻撃を行う。コンテナが開いた瞬間に、飛び出してビーストを殴り殺せ」

光弘は当面、自分の出番がなさそうなので、ほっとした。

巨人自体の制御はインペイシャントのスタッフがやってくれる。光弘の担当はアーマーの武器使用だ。本来は装着者が直接操作するのが望ましいが、巨人自体が前頭葉に直接信号を送られて、制御されている状態であるため、アーマーの操作のような複雑なことはできないのだ。

もちろん、巨人本体の制御とアーマーの制御がばらばらであっては、満足に戦うことはできない。腕に装着された武器を相手に向けた状態で発射しなければ、エネルギーの無駄になってしまうし、暴発の危険もある。そのような事態を防ぐため、光弘のアイデアで、二種類の制御の間には自動同期システムが介在しており、入力に時間差が生じても自動的にシンクロさせてくれるのだ。

今回、打撃攻撃に特化するなら、その自動同期システムを使用するまでもない。光弘は、いつでもアーマー制御を開始できるように準備をしながら、戦いを見学していればいい。

ザ・ワンは地上に降り立った。着陸地点にはいくつもの旋風が発生し、四方八方に走っていった。

コンテナとの距離はおよそ二五〇メートル。巨人がこの距離を移動するのに一秒はかかる。まだ飛び出すには早い。

ザ・ワンはゆっくりとコンテナに向かって歩き始めた。

「いいぞ。その調子だ」インペイイシャントは舌なめずりをした。「五〇メートルまで待て。そこまで来たら、コンテナ開放と同時に打撃攻撃だ」

光弘はアーマーの制御装置に手を掛けた。

インペイイシャントの目論見《もくろみ》通りなら、アーマーの武器は不要だ。だが、もし不意打ちに失敗した場合、ビーストは超音速で逃げるだろう。すぐに長距離兵器で攻撃する必要がある。

さらに光弘は自動同期システムも切った。最悪の場合、〇・一秒単位の戦いになってしまう。無理に巨人本体の動きに同期させると、一瞬の遅れが生じてしまうかもしれないからだ。

もちろん、同期していない状態で巨人が素早く動くと、アーマーの照準をうまく合わせることができず、攻撃を外す可能性も高くなる。しかし、光弘は、巨人本体の操縦者は怪獣と戦った経験がないため、怪獣の突然の動きに反応できず、動くことはないと踏んだのだ。

　ザ・ワンは八〇メートルまで接近した。

　本体操縦者は汗だくになっていた。

　やはり実戦経験はないのだ。

　七〇メートル、六〇メートル。

　光弘は息を呑んだ。

　ザ・ワンは火炎弾を発射した。

「まずい！」インペイシャントは叫んだ。「コンテナを開放して、退避だ!!」

　コンテナは炎に包まれた。閃光を放ちながら、周辺の土壌は溶解し、夥《おびただ》しい数のプラズマ火炎旋風が周囲を飛び交った。

　コンテナ自身も熱のため、赤黒く輝いている。

「何をしている。コンテナを開放しろ！」インペイシャントが怒鳴った。

「コンテナ開放できません」

「なんだと？」

　コンテナは表面温度が急速に上昇したため、開閉機構が損傷してしまったのだ。

「コンテナを破壊しろ！」

「どうやって破壊するのですか？」

「井手君、アーマーのパワーを使えば、内部から破壊できるのではないか？」

「即座に判断はできません。もしコンテナの強度が一定以上残っていたら、攻撃は全て自分自身に跳ね返ることになりますから」

「では、巨人本体の打撃で内側から破壊しろ！」

「はい」

「いや。それは止めた方がいい」光弘が言った。「巨人のパワーが強過ぎる。自らの骨や筋肉にダメージを与えてしまうだけかもしれない」

「では、どうすればいいというんだ？」

「このまま放置ではまずいんですか？」

「何を言っているんだ。今の火炎弾の威力を見ただろう。次に攻撃を受けたら、コンテナごと破壊されてしまうぞ」

「コンテナが破壊されるなら、好都合じゃないですか。開放する手間がはぶけますよ」

「何を言ってるんだ？　コンテナが破壊されたら、ビーストの攻撃が直撃するのだぞ」

光弘は制御装置にコマンドを打ち込んだ。

「何をした？」

「バリヤーですよ」

ザ・ワンは再び青色破壊火炎弾を撃ち込んだ。

コンテナに亀裂が入った。内外の気圧の差により、周辺のプラズマ混じりの大気がいっきにコンテナ内に吸い込まれる。内部の金属が瞬時に酸化され、発生した熱が加わり、コンテナは粉砕され、プラズマ火炎旋風に巻き込まれた。

炎の中に巨人兵士の姿が浮き上がった。

光弘がバリヤーを張っていたため、高温のプラズマに耐えたのだ。もちろん、火炎弾の直撃を喰らったら、バリヤーはもたなかっただろう。

ザ・ワンの動きが止まった。コンテナの中に人型の存在があることが意外だったのだろう。少なくとも、人型のものを見分けるだけの知能はあるらしい。

今がチャンスだ。

だが、光弘の推測通り、経験不足の操縦者は瞬時に巨人を動かすことができなかった。

ザ・ワンの口が開いた。

誰もが再度の火炎弾発射を予測した。だが、それは起こらなかった。ウルトラアーマーの肩部に取り付けられたマッドバズーカが火を噴いたのだ。

ザ・ワンは素早く動いたが、よけきれずに右側の頭部が粉砕された。

「マッドバズーカをよけるなんて、なんという素早さだ！」光弘は驚嘆した。

「わたしにとっては、誰よりも速く反応した君の反射神経の方が驚異的だよ」インペイシャントが珍しく誉めた。

「反射神経ではありません。前もって予測していただけです」

ザ・ワンは一声威嚇すると、その場から飛び立った。

ウルトラアーマーの右手のスーパーガンからはスパーク8が、胸部からはＱＸガンが発射された。

スパーク8は怪獣の肉体を粉砕するほどの破壊力がある光弾を産み出すアタッチメントであり、QXガンは怪獣の脳細胞に特化した破壊銃だ。共に怪獣酋長ジェロニモンや変身怪獣ザラガスを葬り去った強力な武器を巨人兵士のサイズに拡大強化したものだ。

ザ・ワンは飛行を続けることができなくなり、墜落した。大地震のような振動が発生し、倒壊していなかった建物もすべて倒壊した。

「ビーストは弱っている。今のうちに、やつの肉体を破壊してしまえ!」インペイシャントは巨人本体の操縦者に命じた。

「ぶごぉー!」巨人は咆哮すると、ザ・ワンに向かって走り出した。

まるで地雷が次々と爆発していくかのように、巨人が足を下ろした場所に噴煙が上がった。

そして、ザ・ワンの直前で、巨人は跳躍し、二〇〇メートル近くの高さまで達した後、ザ・ワンの背中と首の間の辺りに回転しながら、落下した。

ザ・ワンは大量の体液を撒き散らしながら咆哮した。

巨人はザ・ワンの頭部や四肢をめちゃくちゃに殴り始めた。

「何をしている? もっと効率的に中枢部の破壊を行え」

「はあ。しかし……」

「どうしたというのだ?」

「うまく制御できません」

「なんだと?」

光弘はアーマー側から、巨人の肉体の状態をモニターした。

「まずいなぁ。高温に接したことで、制御装置の回路がオーバーヒートしている可能性がありますね」

「アーマー側の制御装置で直接巨人の肉体を制御できないか？　同期をとれるということは回路は接続されているはずだ」

「無理ですね。わたしは巨人用のウルトラアーマーを設計するに当たって、巨人の制御装置の回路図を要求しましたが、あなたは却下しました。だから、当然ながらアーマーには本体を制御する機構はついていません」

「それでは、しばらく巨人を暴れるままにするしかないな。こちらで制御できないのは歯痒《はがゆ》いが、とにかくビーストを動けなくするのが目的だからな」

「ビーストの全身が崩壊していきます。まもなく、活動を停止すると思われます」

巨人兵士はザ・ワンの翼を掴むと、そのまま一気に毟《むし》り取り、放り投げた。

翼は空気を切り裂きながら、ビルの残骸に激突した。

「翼に強力な生命反応が見られます」技術スタッフが言った。

「何だ？　ゴモラの尻尾のように、本体と別に活動することができるのか？」

翼は途中から二つに折れ、それぞれの部分が微妙に変形し、まるで二つの翼のような形になった。

翼は羽ばたきを開始し、空中に浮かんだ。

「嵐、あの翼を攻撃しろ！」村松は叫んだ。

「待て。まだ巨人兵士の実力を確認する試験中だ。ビートルによる攻撃は禁止だ」インペイシャントは言った。

「あの翼を放置していたら、別の怪獣になってしまう」村松は言った。「今すぐ撃墜しろ」

「きさま、命令に背くつもりか？」インペイシャントは激怒した。

「我々はあなたの部下ではない。そもそもあなたは国連軍の正式な司令官ですらない。我々があなたの指揮下にいなくてはならない法的な根拠はない」村松は断言した。

「条約の文言解釈によると……」インペイシャントは額の汗を拭った。

「でしたら、法廷でお会いしましょう」村松は微笑んだ。「嵐、作戦続行だ」

「がってん承知の助」嵐は答えた。

ビートルは旋回飛行から外れ、翼の後を追う。

「原子弾、発射！」村松が叫んだ。

「了解」嵐が答える。

ビートルが発射したミサイルが翼の中心に命中し、閃光を放ち爆発。

と、翼の破片の一つ一つが鳥へと変化し、四方八方に飛んでいこうとした。

「逃がすな！」

嵐はマルス１３３の自動発射装置を起動した。人工知能搭載の照準装置のおかげで、一羽ずつ確実に光弾は命中し、ものの一〇秒で、すべての鳥は焼却された。

「どうやら翼の防衛機能は本体ほどではなかったようだな」インペイシャントは言った。「試験に使う価値はなかった。今回の命令違反は不問に付すことにしよう」

村松は返事をしなかった。

巨人はザ・ワンの本体への執拗な攻撃を繰り返していた。

ザ・ワンの全身は半ば崩壊し、表面が次々と陥没していった。

巨人は攻撃の手を休めなかった。

「なんとか巨人の動きを止めることはできないか？」インペイシャントは言った。「研究用にビーストを生きたまま捕獲したい」

「全体を生きたまま捕獲するのは危険過ぎます。組織の一部ではいけませんか？」技術スタッフが言った。

「では、頭部だけでもいい。とにかく、巨人を止めろ。このままでは、跡かたも残らないぞ」

ザ・ワンが咆哮した。

全員が耳を押さえた。

次の瞬間、ザ・ワンは口を開け、青色破壊火炎弾を吐こうとした。だが、度重なるダメージのため、体内でのエネルギーの閉じ込めが不完全となり、全身の傷口から無数の火炎弾が発射されてしまった。

火炎弾の一つがビートルの翼を掠った。

「主翼を破損しました。燃料供給系統もやられたようです」明子が計器を見て言った。

「この状況下でのパラシュート脱出は自殺行為だ。嵐、垂直着陸機能を使った不時着は可能か？」

「なんとかやってみます」

無数の青色破壊火炎弾が飛び交う中、ビートルはできるだけ、ザ・ワンから離れた開けた場所を探して、不時着を敢行した。

着陸の衝撃で、主翼は全壊した。

「これはもう飛ばすのは無理だな」嵐が言った。

「エンジン系統はまだ生きています」明子が言った。「エンジンだけは回収すれば、まだ使えそうです」

「いずれにしても、この騒ぎが収まるまでは身動きできないな」村松は通信機に向かって言った。「村松より井手へ」

「キャップ、無事でしたか」

「ビーストの状態はどうだ？」

「本体は弱っていますが、青色破壊火炎弾の発生が止まりません」

「巨人兵士の状態はどうだ？」

「今のところ、バリヤーで攻撃を弾いていますが、そろそろエネルギーが切れそうです」

「打つ手はなさそうか？」

「無重力弾を使うしかなさそうですね」

「ゼットンを倒した時と同じ効果は期待できそうか？」

「わかりません。今のところ、成功確率は一パーセント未満です」

「成功しなくても、そこそこの威力は出せるんだろ？」

「ニードルＳ80に毛が生えた程度ですね」

「ビーストが弱っている今なら、それでも倒せるかもしれん」

「科特隊、名誉挽回のチャンスだぞ」インペイシャントが口を挟んだ。「仮令《たとえ》失敗しても失うものは何もないではないか。無重力弾を使え」

「無重力弾装塡」

アーマーの自動装塡機能が働き右腕のスーパーガンに無重力弾が装塡された。

「巨人兵士を離れた場所に移動させてください」井手が言った。「近距離で使うと巨人兵士も巻き込まれてしまいます」

巨人の操縦者は必死に、コマンドを打ち込んでいたが、なかなか制御できないようだった。

「もう殆ど制御できなくなっています」

「了解。アーマー側からなんとかします」

光弘はアーマーのジェット噴射を稼働させた。

巨人兵士は浮かび上がり、一キロメートルほど移動し、徐々に降下した。

「空中から撃つことはできないのか？」村松が尋ねた。

「不安定過ぎて命中は難しくなります。それに無重力弾の爆風に巻き込まれる危険もあります」光弘は操作しながら答えた。

着地すると、巨人はすぐにザ・ワンに向かって走り出した。

「無重力弾発射！」

発射された無重力弾はザ・ワンの胴体のど真ん中に命中した。

一瞬世界が静寂に包まれた。

ザ・ワンの周辺の地面から風もないのに砂埃が舞い上がった。続いて小石が、そして、大量の土砂が空へ向かって上昇していく。いや。むしろ、空に向かって落下するといった方が正確かもしれない。

やがて、一二万トンもあろうザ・ワンの肉体も徐々に持ち上がっていく。

「成功だ」光弘は言った。「重力場の乱れが観測されている。ビーストの内部で、斥力が上昇し、内圧が高まっている。まもなく、爆発するはずだ」

「ゼットンはこんなに長時間もたなかったはずだ。何かがおかしい」村松が言った。

「ビーストは宇宙恐竜ゼットンよりもさらに防御能力が高いのだろう。だが、いつまでも抗し続けられるはずがない」インペイシャントが言った。

巨人はザ・ワンのほぼ真下に到着した。

「井手、もう一度ジェット噴射で巨人兵士を遠ざけられないか？」村松が言った。

「残念ながら燃料切れです」

ザ・ワンの尻尾が巨人兵士に巻き付いた。

「しまった！」インペイシャントが叫んだ。

巨人兵士もまたザ・ワンと共に上昇を開始した。

「もし、このままビーストが爆発したら、どうなるんだ？」嵐が言った。

「巨人兵士は直接無重力弾が命中した訳ではないから、それ自体が爆発することはない。無数のビーストの破片にさらされることになるが、アーマーが防いでくれるし、本体も充分に強靭だ」

「本当にそうなの？」明子が尋ねた。

「もちろん、実際に何が起こるかはわからない。ビーストの体組織の硬度も密度もわからないからね。だけど、今はどうしようもないんだ」

「そうとは限らないわ。バリヤーはまだ動くんじゃないの？」

そうか。バリヤーを使うという手があったんだ。バリヤーを作動させれば、おそらく巨人兵士は無傷だろう。そして、ビーストは花火となって東京中、いや、関東中に破片を撒き散らす……。

なんてことだ！　こんな大事なことに気付かなかったなんて！

「大変なミスをしてしまいました！」光弘は叫んだ。

「どうした、井手？　作戦は成功だ。まもなくビーストは粉々になる」村松が言った。

「それがまずいのです。ビーストを爆発させてはいけません。さっきの翼を見たでしょう。

やつは引き裂かれても各組織が生き続けます。そして、破片のそれぞれが一頭ずつのビーストになるんだとしたら？」

「そうなったら、人類の、いや、地球の滅亡だ!!」村松はショックを隠そうともせずに言った。

ザ・ワンの肉体に亀裂が入った。

「鳥をやったように、マルス133で、破片を一つずつ狙えないか？」村松が言った。

「無重力弾の斥力のため、破片は超音速で飛び散ります。すべてを捕捉することは不可能です」

「では、強力乾燥ミサイルで、フリーズドライできないか？」

「その程度で細胞が死滅するかどうか疑問です」

考えろ。方法はあるはずだ。

「井手、もう時間がない」村松が言った。

ザ・ワンの内部から光が漏れだした。

もって、あと二、三秒か？　……一つだけ、方法はあった。だが、巨人兵士の身に危険が及ぶ可能性がある。地球の滅亡回避と引き換えにあの名も知らぬ兵士の命を危険に曝《さら》していいものだろうか？

「井手、彼は大丈夫だ。僕が保証する。バリヤーを拡張しろ」早田が言った。

早田？　なぜ、ここに早田がいるんだ？　あいつはまだ精密検査という名の軟禁中のはずだ。

早田の姿はもうなかった。

そして、光弘は自分がすでにバリヤー拡張のコマンドを送っていることに気付いた。巨人兵士を包んでいたバリヤーは半径数百メートルの範囲に拡張された。巨人兵士だけではなく、ザ・ワンをもすっぽりと包んでいる状態だ。

ザ・ワンは爆発した。だが、バリヤーに阻まれて、爆発は広がることができなかった。無重力弾のエネルギーはすべてバリヤー内に閉じ込められ、まるで太陽のように輝いていた。

「超高温でビースト細胞が焼き尽くされていく」光弘は呟いた。

センサーによる測定結果でも、それは裏付けられていた。

そして、ビースト細胞は完全消滅した。

ほぼ同時にバリヤーのエネルギーも切れた。

巨人兵士は落下した。

アーマーの表面は真っ黒に変色しており、あちこちのジョイント部分からは煙が立ち上っていた。

僕は何ということをしてしまったんだ。一人の人間を殺してしまった。

「井手、作戦は成功だ」村松は喜びの声を上げた。

「キャップ、僕は人として、してはいけないことをしてしまいました」

「もし、君がバリヤーを拡張していなかったら、ビーストは全世界に広がった。そして、我々も、もちろんあの兵士だって、生き延びることはできなかっただろう」

「そんなことは言い訳になりません。僕は命の選別をしてしまった。神の役割りを演じてしまったのです」

「思い上がったことを言うな！」村松は光弘を怒鳴り付けた。「おまえは神の役割を演じたのではなく、与えられた任務を遂行したのだ。それに、巨人兵士だってまだ死んだとは限らない」

「バリヤーの中は一万度近くに達していました。アーマーの耐熱性能はそれほど……」

激しい金属音と共に、巨人兵士が立ち上がった。

「生きていた！」光弘は狭い制御室の中で飛び上がった。「彼は生きていたんだ!!」

「よくやった」インペイシャントが言った。「あいつを帰還させろ」

「駄目です。制御不能に陥ってます」

「井手君、アーマーの機能で強制的に移動させられないか？」

井手は異変に気付いた。「アーマーの制御が本体にシンクロしています。切除できません」

巨人兵士が夥しい数のナパーム手榴弾を周辺にばら撒いた。

半径一キロメートルの範囲が火の海となった。

「システムの強制終了だ」

「それも不可能です。完全に制御を巨人本体に奪われています」

「何があった？」村松が言った。「巨人兵士は、ここビートル墜落現場の方面――中野区に向かって進んでいるぞ」

「大変だわ！」明子が言った。「ビーストが向かっていた文京区、千代田区、港区の避難は完了しているけど、それ以外の新宿区周辺の避難はまだ完了していないのよ！」

「博士、何か打つ手はありませんか？」村松はインペイシャントに呼び掛けた。

「慌てる必要は全くない。熱原子X線を照射すれば、あいつは元の大きさに戻るのだ。そして、その照射装置はこの輸送機に搭載されている」

よかった。たいしたことにはならないようだ。

光弘はインペイシャントの言葉に安堵した。

「巨人兵士を追え、そして、熱原子X線を照射しろ」

輸送機はすぐに巨人に追い付いた。

「熱原子X線照射用意」

「熱原子X線照射用意完了」

「照射！」

「照射！」

巨人に変化は見られなかった。中野区方面へ向けて走っている。

光弘は計器を確認した。

熱原子X線は確かに照射されている。それなら、なぜ巨人が縮小しないのか？

「馬鹿な……」

「どうした、井手君？」インペイシャントは尋ねた。

「バリヤーが駆動している。エネルギーはもうないはずなのに……」井手はキーボードを叩きまくり、解析を始めた。「アーマーが本体から直接エネルギーを供給されている」

「なぜ、アーマーにそんな機能を付けたんだ？」

「アーマーにそんな機能はないはずです」

「しかし、現に機能しているではないか」

「いいえ。これは進化です。巨人の肉体がアーマーを取り込もうとしているんです」

「なぜ、そんなことが起きるんだ？」

「怪獣を舐めてはいけません。怪獣は生命の持つ可能性を最大限に引き出した存在なのです。そして、巨人は人間が半ば怪獣化したものだと思われます」

「我々は巨人の能力を完全に制御できていたはずだ」

「おそらく、宇宙人やウルトラマンは自らを怪獣化し、その能力を完全に制御できているのでしょう。だが、我々人間はまだできていないのです。この力を使うにはまだ早過ぎるのです」

「今、ここにある力を使えば世界を救えるんだ。どうして、諦めねばならない」

アーマーの肩部のマッドバズーカが動き、輸送機を捉えた。

「逃げてください」

だが、間に合わなかった。マッドバズーカの火線は輸送機の翼を貫いた。

「緊急脱出！」

自動脱出装置が稼働し、乗組員全員がばらばらの方角に射出された。これは全滅を防ぐための措置だった。約一キロメートル離れた地点でパラシュートが開き、降下を始める。ただし、パラシュートには推進装置が付いており、着陸地点はある程度制御できた。

巨人は個々のパラシュートには興味がない様子で再び走り出した。

すでに夕闇の中に沈んでいる地上の様子は凄まじいものだった。昨夜は優雅な夜景が広がっていた大地には、燃え尽きた真っ黒な残骸と橙色の残り火だけが見えていた。

「キャップ、聞こえますか？」光弘はバッジ型通信機に呼び掛けた。

「聞こえる。輸送機が撃墜されたのは、こちらからも見えていた。全員無事か？」

「端末の表示を見る限り、乗組員は全員無事なようです」

「巨人対策だが、次の手はあるのか？」

「インペイシャント博士に訊かないと何とも言えません」

「次の手は自爆させることだ」通信機からインペイシャントの声が聞こえた。「あいつの頭部と胸部には手術でスパイナーが埋め込んである。ここにあるコントロールボックスのスイッチを押せば問題は解決だ」

「博士、それは最後の手段です。スイッチを押すのは待ってください」村松が言った。

「残念だが、もう押してしまったよ。そして、さらに残念なことに何も起こらない。おそらくスパイナーが変質してしまったか、制御回路が乗っ取られてしまったんだろう」

◇

「このままだと、あの病院にぶつかるわ」明子が白い建物を指差した。

病院からは患者たちが避難を始めていたが、患者の人数に対して、救急車を含む移動用自動車の数が足りていないことは明らかだった。

「巨人を足止めするのに、防衛隊や国連軍の協力を要請してはいかがでしょうか？」明子が提案した。

「防衛隊は動けない。国連軍の一兵士の暴走に対して、専守防衛を旨とする防衛隊が出動するための法域根拠は薄弱だ。頼みの綱は国連軍だが……。博士、最寄りの国連軍の部隊はどこですか？」村松は通信機に呼び掛けた。

「それは我々だ」

「あなたがた以外の部隊は？」

「太平洋のどこかに艦隊がいるはずだ。どこだとしても、一時間以内にここに来ることは絶望的だな」

「わたしたちが守るしかないってことね」明子はヘルメットを被ると、ビートルのハッチを開け、病院に向けて走り出した。

「富士君、待つんだ！」村松と嵐も後を追う。

光弘はビートルへ向けてパラシュートを操縦していた。

携行武器だけで、巨人を阻むことは困難だろう。だが、光弘なら、ビートルが装備している武器を取り外して、運び出すことができる。巨人を倒せるかどうかはわからないが、避難が終わるまで足止めできるかもしれない。

……あくまで可能性の問題だが。

そんなことよりも、通信機から聞こえた会話によると、明子が無茶をしようとしているようだ。何としても止めなければならない。

「富士君、巨人兵士をスーパーガンだけで、食い止めるのは無理だ。いったんビートルに戻れ」

「じゃあ、病院にいる人たちを見殺しにしろっていうの？　そんなのは絶対に嫌よ」

「見殺しにしろと言ってるんじゃない。今行っても、犬死ににしかならないって言ってるんだ」

「その通りだ、富士君」村松が通信に割って入った。「今は落ち着いて行動すべきだ」

「わたしは冷静です」

「現に無謀なことをしようとしているじゃないか」

「スーパーガンで巨人兵士を食い止められる可能性はとても少ないかもしれないけど、○パーセントではないんでしょ」

「極論すればね」光弘が言った。

「だったら、やる意味があるわ。キャップたちはビートルに戻って、井手さんを手伝って武器を取り外してください」

「しかし、君一人をそんな危険な任務に就かせる訳にはいかない」

その時、巨人兵士は数十発のミサイルを発射した。

そのうちの一発は光弘のパラシュートを掠め、明子を追う村松と嵐のすぐ近くに着弾し、爆発した。

二人とも、数十メートル吹き飛ばされ、固い地面に激突した。

数秒後、村松はなんとか動き始め、嵐の元に向かった。

嵐は倒れたまま、ぴくりとも動かない。

村松は脈拍と呼吸を確認した。

「今の爆発で、嵐は意識を失ってしまった。彼をビートルに連れて戻る。富士君もすぐに引き返すんだ」

「お二人が来られないなら、なおさらわたしが行かなくてはなりません」

「富士君！　富士君！」村松が呼び掛けても明子は返事をしなかった。

通信機を切ったようだ。

ビートルに向かって武器を取り外すのを優先すべきか、それとも援軍として明子の元に向からべきか、光弘は悩んだ。

論理的に考えれば、ビートルに向かうべきだ。自分の実力を発揮できるのは、武器の技術的な取り扱いであり、まともな武器のない状態で巨人に立ち向かっても勝ち目はない。

だが、光弘は自分の論理に素直に従うことができなかった。

ついさっき、自分が多数の命のために一人の命を犠牲にしようとしたことが思い出された。たとえ論理的には正しいとしても、あんなどす黒い気分になるのはもう御免だ。

光弘は明子を助けに向かった。

もうもうと砂埃を立てながら、巨人兵士は病院に向けて一目散に突っ走っていた。時速七〇〇キロメートル以上は出ているだろう。

光弘はヘルメット付属のオートスコープで、明子を探した。

すぐに見付かった。彼女は巨人兵士の進路上に立ち、真っ直ぐそれを見据えていた。スーパーガンを構え、再び通信機のスイッチを入れた。

「井手さん、聞こえてる？」

「ああ。聞こえてる」

「巨人兵士を足止めするには、どこを撃てばいいの？」

「無重力弾か、QXガンなら、胴体にさえ当てれば、すぐ動きは止まる」

「わたしはスーパーガンの話をしてるの」

「スーパーガンでは無理だ」

「可能性としてはどこ？　頭と胴体では全く同じ？」

「なら、膝関節だ。物凄く運が良ければ、細かな亀裂か何かがあって、そこからアーマーの膝の可動部を破壊できるかもしれない。だが、僕のお勧めは、今すぐそこから逃げることだ」

「ありがとう」

明子はスーパーガンを発射した。

だが、光線は命中せずにそれた。

巨人兵士は明子に一キロメートルまで迫った。おそらくあと五秒程度しか時間はない。

光弘が到着するのは、どんなに早くても三〇秒後だ。とんだ無駄足だ。

だが、引き返すつもりはなかった。

「お願い！　止まって!!」明子は叫んだ。

日本語じゃ通じないよ。

なぜか、光弘は冷静にそんなことを考えている自分に気付いた。

何を考えているんだ。そんな問題じゃないのに。

明子は再びスーパーガンを発射した。

近付いているせいで、狙いやすくなったのだろう。見事右膝に命中した。

だが、小さな火花が出ただけだった。

あと三百メートル。

今度は左膝に命中した。

何も起こらない。

「止まって!!」

巨人兵士の足は明子を蹴り飛ばす軌道にあった。それは光弘の目にはスローモーションのように見えた。

爪先が明子に一〇メートルまで迫ったとき、光弘は目を閉じてしまった。

大爆音が鳴り響いた。

慌てて目を開けると、明子がいた辺りに炎の竜巻が舞っていた。

最後の最後にスーパーガンがウルトラアーマーの中枢部を貫いたのだろうか。

だが、もしそうなら、明子の命はない。

炎がゆっくりと、消えていく。

光弘はさっきの位置から五〇〇メートルも後方で、ひっくり返っている巨人兵士に気付いた。

瓦礫の中で起き上がろうと、懸命にもがいている。

光弘のパラシュートは巨人と爆発地点の間に降下した。

それと同時に光弘はパラシュートを切り離して、走り出した。

光弘は無意識に明子の姿を求めて、炎の中心部を見詰めた。

炎は消え去った。

光弘はその場に呆然と立ち尽くした。

病院の前に両手を広げて立ちはだかっていたのは、白く美しい身体を持つ巨大な明子だった。

◇

目の前に広がっているのは荒野だった。

どこかで見たような景色だったが、いつどこで見たものなのか、思い出せなかった。

荒野は草原ではなかった。かといって砂漠や岩場でもない。ぐちゃぐちゃに潰れた何かが荒野全体に広がっていたのだ。そのあちこちから煙が棚引き、残り火らしきものが光っている。

見た感じは大災害の後のようだ。しかし、この辺りには高層ビルはなく、せいぜい一、二階程度の建物しかなかったらしい。

そう言えば、さっきまで見ていた光景もこれに似ていた。だが、あれは崩壊した大都市の景色だった。ここはおそらく郊外の小さな町だったのだろう。

明子は一歩踏み出した。

足元の地面がまるで薄氷のようにばりばりと割れて、足が地面にめり込んでいくのが裸足の裏の感覚でわかった。

なんとなく、世界がふわふわとし、空気の密度が高くなったような気がした。

――さっきまで、わたしは巨人兵士を止めようとして、スーパーガンを撃っていたはずだわ。だとしたら、これは夢なのかしら？

夢だとしたら、突然、こんな状況に立たされている理由の説明が付く。

――きっと、わたし、巨人兵士にぶつかった衝撃で、気を失って夢を見ているのだわ。それとも、巨人兵士を止めようとしたことも夢なのかしら？　いったいどこから夢だったのか、わからなくなっちゃった。

明子は周囲の様子を観察し、夢である証拠を見付けようとした。

確かに、周囲に広がるのは非現実的な光景ではあったが、あきらかに夢であるという証拠はなさそうだった。

――夢だとしたら、意識が無くなる前に見たものが反映されているのかしら？　この景色が崩壊した東京に似ているのはそういうことなのかもしれない。

――そう言えば、崩壊している建物には小さな窓のようなものがついている。普通の家というよりは、まるでミニチュアのビルが壊れたように見えた。

足元をよく見ると、ミニカーの残骸のようなものも転がっていた。

明子は双子の姉が見たという夢の話を思い出した。

彼女は夢の中で八分の一の大きさに縮小された。嘘か本当かはわからないが、あまりに現実的な夢だったため、しばらく幻想の中から抜け出せないほどだったという。

——この夢もそれに似たリアルなものなのかもしれないわね。姉さんとは逆で、身体が大きくなってしまった夢じゃないかしら。だから、わたしから見て、ビルや車が小さくなっているのよ。

——でも、おかしいわ。もしそういう設定の夢だったら、巨人兵士も小さくなっていなくちゃならないはずだわ。

目の前の瓦礫が突然崩れた。

その中に立ち上がる者の姿があった。

——やっぱり夢だわ。巨人兵士のことを思ったとたんに、巨人兵士が現れるんだもの。

巨人兵士の大きさはほぼ明子と同じぐらいに見えた。

——じゃあ、夢の中のわたしの身長はだいたい四〇メートルぐらいね。

巨人兵士は明子の姿を認めたようで、マルス133の照準を合わせてきた。

——あら、やだ。わたしを敵だと思ってるのかしら？

「やめなさい。わたしは敵じゃないわ」

そう言ったつもりだった。だが、口から出たのは言葉とは似ても似つかない地響きのような音だった。

どことなく、ウルトラマンの声のようにも思えた。

夢だから、こういうこともあるのね。

マルス133の銃口はぴたりと狙いを定めてきた。

——あら。逃げなきゃいけないのかしら？　でも、夢なんだから、逃げる必要はないわよね。

マルス133が発射された。

明子の鳩尾《みぞおち》の辺りに命中した。

——ほら。なんともないわ。ちょっと熱くなったような気がしたけど、きっと気のせいだわ。

巨人兵士は一瞬躊躇したようだが、すぐにアーマーの自動装填装置が無重力弾をスーパーガンに装填した。

——これも逃げなくてもいいわね。夢なんだから。

「富士君、逃げるんだ‼　無重力弾が当たれば、ひとたまりもない‼」

——あら。夢の中なのに、井手さんの声が聞こえるわ。

声の方を見ると、明子の目には、六、七センチぐらいにしか見えない光弘が明子に向かって走っていた。

——夢なんだから、井手さんも大きくなったらいいのに。

明子はぼんやりと思った。

無重力弾が発射された。

明子の右胸に命中した。

胸に激しい痛みを感じた。

——何？　どうして、こんなに痛いの？　まさか、夢じゃないの？

被弾した辺りが輝き始めた。

――えっ。爆発するの？

明子は爆発が収まるように念じた。

すると、光は衰え始め、痛みも消えた。

明子の願いが通じたのか、それともたまたま不発弾だったのかはわからない。

巨人兵士は咆哮した。意味があるのかどうかはわからないが、どうやら怒っているようだった。攻撃した側が攻撃された側を怒るのは、理に適《かな》っていないような気がするが、そんなことを言っても、通じそうになかった。

巨人兵士のアーマーから五発の誘導ミサイルが同時に発射された。

一発は上空に上がってから落下する軌道をとり、二発は真横から回り込み、残りの二発は地面すれすれを飛んで接近時に急上昇した。

全て明子に命中した。

全身が炎に包まれる。

少し熱いと感じるぐらいで、痛みは殆どなかった。

だが、これ以上、攻撃を受け続けていたら、そのうち大きなダメージを受けるかもしれない。

――なんとかして、巨人兵士の動きを止めることはできないかしら？　そう言えば、スーパーガンでも膝を狙えば、効果があるかもしれないって、井手さんが言ってたわ。

明子は腰に手を当てたが、そこにスーパーガンはなかった。

武器なしで戦わなくちゃならないってこと？　いいえ。武器ならあるわ。

明子は格闘のための構えをした。

当初、科特隊員には格闘術は不要だと考えられていた。科特隊の本来の目的は怪事件の調査であるが、日本の場合は特に怪獣の発生率が高いため、実質的には怪獣との戦いが主要な任務となることが予想されていたのだ。怪獣との戦いは武器の使用が前提であるため、格闘術は不要だということになる。だが、村松が三面怪人ダダと戦った時に、その認識は大きく変更された。人間である村松が宇宙人であるダダを格闘で圧倒したのだ。つまり、人間とほぼ同じ大きさの敵に対しては、格闘術は充分に効果があることになる。それ以降、隊員たちは全員格闘術の訓練を受けることになった。それは柔道や空手やボクシングのような特定の武術ではなく、世界の様々な武術から考案された特殊な格闘術だった。

明子はゆっくりと深呼吸し、精神の統一を図る。それと同時に少しずつ、巨人兵士との間合いを詰め始めた。

——巨人兵士の動きを止めるにはどこを攻撃すればいいのかしら？　やっぱり井手さんの言ってた通り膝かしら？　違うわ。井手さんが膝を狙えと言ったのは、スーパーガンのような非力な武器で立ち向かうには、起死回生の一撃を期待するしかなかったからだわ。わたしは生身の身体で、巨人兵士の攻撃を退けることができた。だとしたら、わたしの打撃にはそこそこの破壊力がある可能性があることになる。うまく狙えば、アーマーを破壊して、動けなくすることもできるかもしれない。

明子は足早に巨人兵士との間合いを詰め、相手が防御体勢をとる暇を与えずに、ヘルメット部分に向かって、拳を繰り出した。

おそらく、アーマーの制御機構は頭部に集中しているだろうとの推測からの行動だった。

——こんなことなら、井手さんにもっと詳しくアーマーの構造を聞いておくべきだったわ。

拳を繰り出した瞬間、アーマーの表面が仄《ほの》かに輝く膜状のものに覆われていることに気付いた。

——いけない。アーマーはバリヤーで包まれている。

だが、もはや拳を止めることはできない。明子は思い切って、全力で叩き込んだ。

バリヤーは閃光を発した。そして、弾けたように消え去った。

明子の拳はアーマーの頭部に到達していた。

腕全体に激しい衝撃が伝わった。

痛みはない。だが、麻痺して感じていないだけかもしれない。

——それでも、構わないわ。痛みがなければ戦える。

巨人兵士は明子から離れる方に飛び退《すさ》った。

効果はなかった？

だが、次の瞬間、アーマーのヘルメットが輝き始めた。

巨人兵士は頭を押さえて苦しみ始めた。

ヘルメットに亀裂が入った。

「危ない！」

明子はヘルメットを脱がせようと、巨人兵士に近付く。

ヘルメットは爆発を起こした。無数の燃える破片となって、飛び散っていく。

破片は明子の身体にもぶつかったが、特にダメージはない。

巨人の頭部は剝き出しになっていた。その目は明子を真っ直ぐに捉えていたが、全く生気はなかった。

「落ち着いて。じっとしていれば危害は加えないわ」

自分でも全く聞き取ることができないこの声を、相手が理解しているという自信はなかった。

明子は落ち着くように、とジェスチャーを交えながら、再び巨人兵士に近付いた。

巨人兵士は虚ろな目をしたまま、空中に浮かび上がり、咆哮した。「ぶごぉー‼」

――ひょっとしたら、向こうもちゃんと喋っているつもりなのかしら？　だとしたら、やっぱり巨人同士でも言葉は通じないんだわ。

明子は空中の巨人兵士を見上げて途方に暮れた。

――空中に浮かんでいるとこちらからの攻撃は当たらないわ。

突然、巨人兵士はマッドバズーカを次々と撃ち込んできた。

明子は咄嗟《とっさ》によけたが、何発かは当たってしまった。

物凄く痛いけど、致命傷にはなっていないみたい。

明子は身を低く保つと瓦礫の中を探って、投げやすそうなものを探した。コンクリートの塊が付いた鉄骨が見付かった。長さは明子の肘から先ぐらいだ。

明子は槍投げの要領で、それを投げた。

巨人兵士は僅かに位置をずらす。

鉄骨はアーマーの足を掠り、一キロ程先の倒壊したビル群に落下した。

地響きと共に大量の土砂が舞い上がる。

物を投げるだけじゃ、避けられてしまう。

明子は巨人兵士の浮遊している高度を推し量った。

──身長の二倍半ぐらい。だいたい一〇〇メートルぐらいということね。

ビルに上れば届きそうな高さだが、残念ながら、巨人兵士はビルの近くに来るつもりはなさそうだ。

──こうなったら、ジャンプするしかないわ。足首につかまることができれば、引きずりおろせるかもしれない。

特に勝算はなかった。筋力は相当強化されているようだったが、自分の体重も怪獣並みになっているとしたら、とても、あの高さまで飛び上がることはできそうにない。しかし、やらずに諦める訳にはいかない。

明子はその場にしゃがみ、力いっぱいジャンプした。

気が付くと、巨人兵士を見下ろしていた。

——わたし、飛んだの？

だが、飛行している訳ではないらしい。すでに落下を始めている。

巨人兵士は予想外の出来事に戸惑っているのか、動きが止まっている。

——今が絶好のチャンスかも。次は相手も油断していないはずだから。

明子は片脚を大きく上げた。そして、落下しながらアーマーの肩の部分に踵を叩き付ける。

閃光と共に衝撃波が発生した。

明子と巨人兵士はそれぞれ別々の方向に吹き飛ばされた。

アーマーは空中で爆発を繰り返し、ばらばらに砕け散っていく。

明子が地上に叩き付けられた衝撃で、周囲数百メートルに亘って地面が陥没した。

それでも、まだ明子はよろよろと立ち上がった。

アーマーを失った巨人兵士は瓦礫の中でもがいている。どうやらもはや立ち上がることはできないようだった。

——どうしよう？　なんとかして、この人を拘束しておかないと、また暴れ出すかもしれないわ。

その時、近付いてくる物音に気付いた。

ヘリコプターだ。防衛隊のものではなく、民間のものらしく、星川航空という文字が読み取れた。

——どこかで聞いたことのある名前ね。

「君たち、そこでじっとしていなさい」ヘリコプターからスピーカーで呼び掛けているらしかった。「わたしは一の谷というものだ。今からいうことをよく聞きなさい。このヘリには小型化した熱原子Ｘ線砲が取り付けてある。今から君たちに照射する。おそらくこれで縮小化できるはずだが、副作用が出る可能性もある。最悪、命に危険が及ぶ可能性もある。しかし、事態をこのまま放置する訳にはいかない。理解できるか？」

明子は頷いた。

巨人兵士は凶暴化しているし、自分自身だって、いつあのような状態になるかわからない。このまま放置するのは、怪獣を野放しにするのも同然だ。

「では、十秒後に照射を開始する。……三、二、一、照射！」

明子は全身に激しい痛みを感じた。とても立ってはいられない。その場に跪《ひざまず》いた。

「やめて、痛いわ。耐えられない」

だが、照射は続いた。

全身の組織がばらばらに切り刻まれていくような感覚だった。

明子は目を見開いた。

自分の手足が蒸発していくのがわかった。

――違う。縮小しているんじゃない。分解しているんだわ。

――誰か。助けて。

そして、明子は闇に包まれた。

第3章　暗黒破壊神

躁躁《そうそう》はいつも浮かれていた。

だが、彼が自らの生い立ちを振り返るとき、そこには心躍るような要素は何一つなかった。

だとすると、常に世を儚んでいる鬱鬱《うつうつ》のような反応が正常なのかもしれない。

ひょっとすると、俺の頭はおかしいのかもしれない。

躁躁はたまにそう思うことがあった。

だったら、おかしいままでかまわない。


幼い頃、躁躁と鬱鬱は老人と暮らしていた。

これはたぶん妄想ではなく、事実あったことだろうと、躁躁は考えていた。

もし、これが単なる妄想だとしたら、自分の過去に関する手掛かりはいっさい存在しないことになる。だから、事実でないと困るんだ。

いや。そんな非科学的なことを言ってはいけない。事実と願望はちゃんと区別しなければ。

とにかく、思い出の中で老人は躁躁と鬱鬱にやさしく接してくれた。

老人はいつも酒を飲んで酔っ払っていた。

躁躁はあの場所を自分たちの家だと思っていたが、今から思うと家などではなかったのだろう。

記憶が曖昧ではっきりとはしないが、おそらくあの場所は、どこかの下水道の中だったのだろう。なにしろ、あの家は地下にあったし、外との出入りは道路にある丸い穴を使っていた。

躁躁たちの家族は鬱鬱と老人の三人だったが、同じ場所にもっと大勢の人間が暮らしていた。しかし、彼らは家族ではなかった。その証拠に老人が目を離した隙に、そいつらは躁躁や鬱鬱から様々なものを取り上げたのだ。それは衣服のときもあったし、食べ物のこともあったし、薬のこともあった。

年端のいかない子供から生きていくのに必要不可欠なものを取り上げる。そんなことが平気でできるぐらい彼らは切羽詰まっていた。老人の目があるときにそれをしないのは、最低限の良心の呵責《かしやく》故だったのかもしれない。

食べ物をとられて泣いている俺たちに気付いた老人が略奪者にくってかかることもあった。

「うっせえ、くそ爺い!!」略奪者は悪事を棚に上げて、老人を責めたてた。「餓鬼どもは身体が小せえんだから、食う必要ねえだろうが!!」

「この子たちはもう三日も何も食べてないんじゃ。せめて半分でも返してくれないか？」老人は略奪者に懇願した。

「それが人にものを頼むときの態度か？　土下座しろよ！」略奪者は老人の腹を蹴った。

老人は身体を二つに折り、その場にげえげえと胃液を吐いた。

「くそっ！　汚えんだよ！」略奪者は老人の頭を踏んで外へと去っていった。

「誰かこの子たちに食べ物をめぐんでくださらんか？　残り物でもかまわないんじゃが」

もちろん、この場所に残り物などはなかった。

老人はよろよろと立ち上がると、食べ物を探しにマンホール世界から地上へと這い上がった。


老人は躁躁と鬱鬱によく物語を聞かせてくれた。ひもじくても老人の語る話を聞いているときだけは気がまぎれるのか、あまり空腹を感じないような気がした。

物語の中では最初から躁躁と鬱鬱には親がいなかった。優秀な遺伝子を繋ぎ合わせて作られた人工の子供だったからだ。だから、二人は兄妹であって兄妹ではないことになる。老人はその施設で働く科学者の一人だった。

施設には二人以外にも大勢の子供たちがいた。殆どの子供たちは何かしらの才能を開花させていた。高い知能や運動能力といった今まで人類が持っていた能力の延長である才能もあったし、他人の思考を読んだり、未来を垣間見たり、手を触れずに物を動かしたりといったいわゆる超能力を発現したものたちもいた。

彼らの中で一番年上のものたちはすでに一〇代の半ばに達していた。躁躁と鬱鬱は彼らの中で最も年下のメンバーだった。

彼らは愛情をもって育てられていたとは言えないまでも、細心の注意を払って丁寧に扱われていたのは間違いない。

だが、突然事情が変わってしまった。そろそろ一〇代の後半になろうかという少年少女たちが突然原因不明の死を迎えだしたのだ。男女に関わりなく、一人の例外もなく、一七歳に達して、数か月経つと突然全身の細胞がアポトーシスという一種の自殺を始めるのだ。

分析の結果、すべての子供たちの共通の土台となったゲノムに致死性の遺伝子が含まれていたことがわかった。彼らの特殊能力の発現には、この奇妙な遺伝の働きが深く関わっていることもわかった。つまり、彼らの能力は極端に短い寿命と引き換えに手に入れたものだったということだ。

老人はそれをありそうな話だと感じたという。もし、超人の遺伝子が存在するとしたら、その遺伝子は今頃、全人類に広がり、人類は次の段階に進化しているはずだ。現にそうなっていないのは、その遺伝子に負の要因が潜んでいるためだと考えるのが自然だ。

秘密裏に実験を進めていた政府は実験サンプルの破棄を決めた。

実験サンプルとは遺伝の組み替えを行った受精卵のことだけではなく、それらの受精卵が成長した子供たちをも含んでいた。

次々と幼い子供たちが殺処分されていく中、老人は最も幼い二人を研究施設から連れ出した。

もちろん、家に帰る訳にはいかない。老人は家族も親戚も友達もすべてを捨てて、貧民窟に逃げ込むしかなかったのだ。

子供たちは幼児でありながら、非凡な才能を見せ始めていたが、老人は政府に見付かることを恐れて、そのことを秘密にするように子供たちに教えた。

「それって全部本当のことなの？　それともただのお話なの？」鬱鬱は無邪気に尋ねた。

「もちろんただのお話だよ。でも、本当のことだと思うゲームをするんだ。もし誰かがおまえたちを捜しにやってきたら……」老人は言葉に詰まった。「よそう。おまえたちに嘘を言っても、すぐに見抜いてしまうだろう。現場点で幼児であるおまえたちの知能指数はすでにわたしのそれを超えている。今の話はすべて真実だ」

「わたしたちは殺されてしまうのね」鬱鬱は泣き出した。

「捕まらなければ殺されはしない」躁躁が力強く言った。

「捕まらなくても一七歳になったら、どうせ死んでしまうんだわ」

「俺は一七歳までに絶対に死なない方法を見付け出す。だから、泣くな」

老人は躁躁と鬱鬱の頭を撫ぜた。

「鬱鬱、おまえは優しい子だ。何も心配することはないんだよ。躁躁、おまえは強い子だ。鬱鬱を守ってやるんだよ」

　二人は頷いた。

「その子供を渡せ」三人の前に銃を構えた男が現れた。

　老人は助けを求めて周囲を見回した。

　だが、下水道の中に住む人々は厄介事を避けようとして、我先に逃げ出していた。

「この子たちには奴隷としての価値が殆どない。わたしが代わりに捕まろう」老人は言った。

「恍《とぼ》けるのはやめろ。俺は奴隷商人ではない。その子たちの真の価値を知るものだ」

「この子たちに価値はない。実験の失敗で計画そのものが破棄されたのだ。今更、この子たちを殺してどんな得があるというんだ？」

「殺すなんてとんでもない。その餓鬼どもは宝だよ」

「宝だと？　政府はこの子たちを失敗作と見做《みな》しているんだぞ」

「状況が変わったんだよ。俺は政府から派遣されて、あんたらの実験の後始末をさせられていたんだ。そして、廃棄された胚の遺伝子を調べているときに重要な事実に気付いたのだ」

　男は携帯端末をその場に転がした。「これは死亡した実験体である子供たちから採取したゲノムのパターンだ。そして、これらは地球に飛来した異星人たちのゲノム・パターンだ」

「似ているな」

「似ているどころか、全く同一の箇所がいくつもある。これがどういうことかわかるか？」

「さあ」

「こいつらは異星人を殆ど抵抗なく自らの肉体に憑依させられるってことだ。つまりは適能者（デュナミスト）なのだ」

「異星人による憑依現象はすでに何度も観察されている。特別な遺伝子など必要としない」

「それはうわべだけの憑依の話だろ。この遺伝子を持つ者は異星人と同一体になれるのだ」

「言っている事の意味がわからない」

「おまえには理解できなくて当然だ。この発見はわたし一人の手柄だ」

「この子たちの生命は限られている。穏やかに生活させてやってくれ」

「何を言ってるんだ？　強力な異星人と同一化すれば永遠の生命を手に入れることすらできるかもしれないのに」

「今のは本当のこと？」躁躁は目を輝かせた。

「ああ。本当のことだ。だから、君たちはおじさんに付いてきなさい」男は言った。

「おまえ一人の手柄だと言ったな」老人は乾いた唇を嘗めた。

「ああ。誰にも知らせる必要はない」

「それなら、どうして、わたしに教えた？」

「おまえはすぐに死ぬから知っていても問題ないんだ」男は老人に向かって発砲した。

老人は倒れ、躁躁と鬱鬱に向かって目を見開いた。「に……げ……ろ」その瞳から急速に光が失われた。

男は子供たちに銃口を向けた。「逃げるな」

「でも、お爺さんは逃げろと言ったわ」鬱鬱が言った。

「年寄りの言うことなんかいちいち聞く必要はない。殺されたくなかったら、逃げたりするな」男は二人にゆっくり近付いてきた。

「わかった。逃げたりしないよ」躁躁は言った。

「躁躁、逃げないとわたしたち殺されちゃうわ」鬱鬱が泣いた。

「大丈夫、この人は俺たちの遺伝子が必要だから、殺したりはしないよ」

「よくわかっているね、坊や」男は躁躁の肩を掴んだ。「でも、まあ遺伝子は死体からでもとれるけどね」

躁躁は肩の手を振り払い男の足に抱き着いた。

男は悲鳴を上げた。

躁躁は男から離れた。

男は躁躁を追おうとして、地面に倒れた。足に手を触れると血塗れだった。

「坊主、何をした？」男は呻《うめ》くように言った。

「これで、おじさんの膝の裏の腱を切ったんだよ」躁躁は血に染まったナイフを掲げた。

「子供にそんなことができるものか！」

「できるよ。よく手入れされたナイフで人を切るのは殆ど力が要らないんだよ。それから、子供は大人を傷付けることができないという思い込みが、命取りになったんだよ。子供が近付いてきても心理的な抑制が掛かって大人のように警戒できないんだよ」躁躁は目を丸くして倒れている男に近付いた。「ほら。これから俺がおじさんを殺そうとしているなんて思わなかっただろ」躁躁はナイフの刃を男の首筋に当てた。

下水道の住民たちは躁躁たちのやったことを通報したりはしなかった。我関せず。これがこの世界のルールだったからだ。厄介事に関わり合いになったら、自分に火の粉が飛んでくるかもしれない。安全なのは、何が起こっても関わらないことだ。しかし、彼らは殊更《ことさら》躁躁と鬱鬱に好意的だという訳ではない。もし、当局が乗り込んできて、何があったか正直に言え、と言われたら、素直に従うことだろう。役人の命令に素直に従うことは厄介事を避けることに繋がる。

躁躁と鬱鬱はその下水道コミュニティーから姿を消し、別の地下世界へと潜り込んだ。躁躁はすでに高度な化学の知識を有していたため、どこかからかっぱらってきた実験道具と産業廃棄物と盗んできた電力を使って、合成麻薬を作り出した。

地下の住民たちは、子供が麻薬を合成しているとは気付いていなかった。だが、年端のいかない麻薬の売人は珍しくはなかったので、さほど怪しまれずに売りさばくことができた。資金が手に入ると、躁躁たちはより強力で常習性の強い麻薬を開発し、さらに資金を貯めこんだ。

地下の住民たちは躁躁たちの裏に大人の黒幕がいると信じていたために、彼らを深く追及することはなく、二人は潤沢な資金でブラックマーケットから怪獣の細胞を買い集めだした。怪獣のクローン作りに成功した国はどこにもなかったが、躁躁と鬱鬱はいとも簡単にそれをやってのけた。

だが、二人の真の目的は簡単に入手できる怪獣の細胞のクローンではなかった。

躁躁と鬱鬱が一〇代以降も生き延びるためには、異星人と融合するしかないのだ。しかし、人類やウルトラマンに敗れたようなひ弱な異星人では駄目だ。自分たちと融合するのは、人類はもちろんウルトラマンまでをも凌駕するような強力な存在でなければならない。躁躁の目的は単に命を長らえることではなく、鬱鬱と二人で絶対の安心を得ることだったからだ。圧倒的なパワーで、人類とウルトラマンを打ち滅ぼせば、二人は地球に作り出した新世界の王として君臨できる。

未だ地球を訪れたことのない絶対的な強者を呼び寄せるには、四次元怪獣ブルトンの力が必要だったが、さすがにブルトンの細胞を扱うのは極めて危険であるという認識が各国政府に存在するため、特別に取締りが厳しく入手は不可能と思われた。

だが、躁躁と鬱鬱は諦めなかった。地下深くで坦々《たんたん》と闇を育て続け、チャンスを待った。

そして、ついに軍の中枢部が二人に接触してきたのだ。

二人は怪獣のクローンを作製するための広大な施設とそこに設置する設備を要求した。

軍は二人の行動を徹底的に監視するという条件で二人の要求を承諾した。

もちろん、軍による監視などは全く無力だった。

躁躁は軍の勝ち誇った態度を見てほくそ笑んだ。

「これはどういうことだ？」元帥は苦しげに尋ねた。

「たいしたことじゃない。東京がビーストに襲われ、それを怪獣化した人間が倒したまでだ。正直、ここまで完成度が高くなっているとは思わなかったがな」躁躁は嬉しそうに笑った。

「そんなことを言ってるんじゃない。俺の身体の事だ」

「あんたの身体？　どうかしたのか？」

「めちゃくちゃに肩が張るんだ。それに喉が渇いてしようがないのに、一滴も水を飲むことができない。全身の皮膚が乾燥しきって、ぼろぼろに罅《ひび》割れてきた。暑くて暑くて仕方がない」元帥ははあはあと苦しそうに息をしていた。

「ほう。それが何か？」

「惚けるんじゃない。この前来た時に何かしただろ。肩に何か付いていると言って触っただろ」

「ああ。変なものが付いていると思ったら、中身が空っぽのあんたの頭だったよ」

「あの時、ちくっとしたんだ」

「当然だよ。針で刺したんだから」

「注射したのか？」

「注射という程じゃない。針先に少し付着させていただけだよ」

「何を付着させたんだ？」

「活性化させたジャミラ細胞だ」

「どういうことだ？」

「つまり、人間は怪獣になる素質を持っているということだ。今回の東京での事件を見ればわかることだがな」

「それとジャミラと何の関係があるんだ？」

「棲星怪獣ジャミラ……ふざけた命名だ。ジャミラ細胞を調べてわかったんだよ。このゲノムは人間のものだ。それを怪獣だと言い張って殺害するとは、科特隊も随分外道な真似をしたもんだ」

「馬鹿な。あんな姿の人間なんかいるものか！」元帥は立っていられないのか、床に両手を突いた。

「ところが、とある環境下に放置されることで、人間の細胞は簡単に変化するんだ。人間を含む生物のゲノムの中には働きのわかっているエクソンという部分と遺伝子として発現しないイントロンという部分がある。特定の環境下では、このイントロンがエクソンとして発現するようだ。つまり、水が全く存在しない砂漠の惑星で、このイントロンのスイッチが入った」

「馬鹿な！　もしそうなら、砂漠で遭難した人間はすべてジャミラになるはずだ」

「単に水の不足だけでは、条件が揃わないのだろう。大気中の化学物質なのか、特殊な放射線なのかはわからないがね。だが、そんなややこしい条件を探る必要はないんだ。一度ジャミラ化した細胞は周囲の細胞を次々とジャミラ化するのだ」

「まさか、それじゃあ、俺は……」

「よかったな。怪獣兵器を作るのが夢だったんだろ？　自分自身が怪獣兵器になれるんだ。これ以上の幸せがあるか？」

「嘘だ！」元帥は炎を吐いた。慌てて口を押さえる。

「可哀そうな、元帥」鬱鬱が嘆いた。「もう半分ジャミラになっているわ」

「元に戻せ」元帥の声はもはや人間のそれとは思えなかったが、まだなんとか聞き取ることはできた。

「いやだね。せっかく本物の怪獣が手に入るんだ。じっくり生体実験させて貰うよ」

「もしおまえの言う通り、俺が本物のジャミラだったら、一瞬でおまえたちを焼き殺すことができるはずだ」

「いや。できないね。なぜなら、僕がおまえを殺す方が早いからだ」

どこからともなく水流が飛んできて、元帥の両肘両膝を貫いた。

手足から力が抜け、そのまま床に突っ伏した。

「今のは警告だ。もしおまえが怪しげな動きをしたら、全身を水流が貫くことになる」

「自分の方が早撃ちだという自信があるのか？」

「まさか、おまえを撃ち抜くのは俺じゃない。自動プログラムだよ。おまえが怪しげな動きをしたら、自動的に動くんだ」

「誰がプログラムしたんだ？」

「鬱鬱さ」

「バグがないと言い切れるのか？」

「どんなプログラムにだって、バグがある可能性は常に存在するさ」

「俺がプログラムのバグを突いて、おまえたちを攻撃したらどうする？」

「その時は、一マイクロ秒以内に俺の書いたプログラムが起動する。防御が一重のはずはないだろ。問答無用で、おまえは蜂の巣となる」

「逆の可能性はないのか？　俺が何もしないのに、プログラムが攻撃することは？」

「ああ。その可能性もあるね」

「もしそうなったら、おまえのプログラムがフォローするのか？」

「どうして、その必要があるんだ？　ただ怪獣が一頭死ぬだけだ。何の問題もない」

「俺は怪獣じゃない！」

「あんたは怪獣よ」鬱鬱はめそめそと言った。「ほら。鏡を見て。とっても醜いでしょ？それに、もう三メートル近い大きさになっているわ。早く怪獣用の檻に入らないと、この部屋を壊すことになってしまう。もしそうなったら、わたしのプログラムがあんたを水責めにするのよ」

「助けてくれ！」元帥は悲鳴を上げた。

「すまん。もう何を言ってるか聞きとれない。あんたが何を言っても、単なるジャミラの咆哮にしか聞こえないんだよ」躁躁はげらげらと笑った。「さあ。早く檻に入るんだ。さもなければ、水風呂に浸けてやるぞ!」

◇

「説明して貰おう。いったい何があったんだ?」インペイシャントはやや興奮気味に言った。

「この図を見てください」光弘は端末に図を表示した。「都内に残っていたセンサからの情報を解析すると、富士隊員が巨大化した瞬間に衝撃波が発生したことがわかります。しかも、その衝撃波は通常の爆発によるものとは位相が逆転していました。つまり、急激な気圧の減少が起こったということです。この事実と富士隊員の質量が一万トン増加したことを考え合わせると、空中元素固定現象とでも呼ぶべき現象が発生したと推測されます」

「そんなことを尋ねているのではない。わたしが訊きたいのは……」

「あのヘリコプターの事なら、わたしから説明しましょう」村松が言った。「あなた方の航空機が撃墜されるのを目撃したので、熱原子X線砲が使えなくなることを恐れて一の谷研究所に連絡を入れたのです。そもそも熱原子X線砲を開発したのは、一の谷博士ですし、まだ研究所に残っているのではと思っていたのです」

「そんなことはどうでもいい」インペイシャントはうんざりした様子で言った。「わたしが知りたいのは、どうして突然女性型巨人が現れたのかということだ」

「その点に関しては、われわれもまだ調査中でして」村松は言葉を濁した。

「科特隊のデータベースには『巨大フジ隊員』という怪獣が登録されているらしいではないか。だとすると、君たち村松チームは彼女が巨大化できることを知っていながら、隠していたということになる」

「富士隊員は自分の意思で自由に巨大化できる訳ではありません」光弘は言った。

「しかし、過去に巨大化したことは事実だ。その事実を意図的に隠したことには違いない」

「彼女に巨大化させられた過去があったとして、そのことをあなた方に報告すべき理由はないでしょう」村松も光弘の援護射撃をした。

「我々の研究の目的はまさに人間の巨大化だということには気付いていたはずだ」

「彼女はかつて宇宙人に利用されただけです。そんな彼女を危険な実験に巻き込む訳にはいきません」

「何を言ってるんだ？　悪質宇宙人メフィラス星人の完成された巨大化技術がそこにあったのに、わざわざ自前で巨大化技術を開発していたんだぞ。これがどれだけの無駄かわかって言ってるのか？　そもそも彼女は民間人ではない。自分の身に起きたことが人類の利益に繋がるのなら、進んで志願すべきではないのか？」

「彼女にだって、人権があります」光弘が言った。

「人権だと？　変異した宇宙飛行士を一頭の怪獣だということにして、殺処分しようとした君たちがそんなことを言うのか？」

「それは……」光弘は口籠った。

「我々がジャミラのことを知らないとでも思っているのかね？」

「あれはパリ本部からの命令で……」

「なんだ。君たちは命令されれば、人殺しでもするんじゃないか」

　ジャミラのことを言われたら、返す言葉もない。ジャミラは宇宙開発初期の時代、未知の惑星に不時着し、怪獣に変異してしまった宇宙飛行士だ。国連と科特隊は無謀な宇宙開発競争への非難を恐れ、彼を一体の怪獣として殺処分を命じた。もちろん、無差別テロを繰り返していたジャミラを放置する訳にいかなかったのは間違いない。ただ、だからと言って、宇宙開発の犠牲者を単なる怪獣として葬ってよかったとは、光弘にはどうしても思えなかった。世界に向けて真実を発表して、公開された議論で、ジャミラの処分を決定すべきだった。光弘は今でもそう考えている。だが、科特隊の一隊員である光弘にはそのような提案をする権限すらなく、本部の決定に従わざるを得なかったのだ。

「巨人と同じく熱原子X線で縮小できるという点も幸運だった。おそらくメフィラス星人も我々とよく似た技術を使ったに違いない」インペイシャントは嬉々として言った。

「その件ですが」光弘は言った。「以前に採集していた富士隊員の細胞サンプルを使った分析によると、同じ縮小でも、巨人兵士と富士隊員では全くメカニズムが違うようです」

「つまり、巨大フジ隊員が縮小したのは偶然だったと？」

「奇跡的な幸運でした。巨人の巨大化はモルフォ因子——つまり、特殊な化学物質によって引き起こされます。熱原子X線は人体の遺伝子も傷付けますが、吸収率の違いから、モルフォ因子をより効率的に破壊します。結果的に致死量に達する前に縮小プロセスが始まることになります。それに対し、富士隊員の場合は、モルフォ因子のような単純な化学物質ではなく、複雑なナノロボットが関与しています。熱原子X線が遺伝子を傷付けると、即座にメフィラスボットが修復を開始します。そして、熱原子X線の照射量が一定量を超えると、巨大化を維持することが不可能になり、遺伝子の修復に専念するようになります。つまり、縮小化するというよりは、巨大化を維持できなくなる訳です」

「つまり、富士隊員はX線障害を起こさないということか？」

「分析の結果ではそうなります」

「素晴らしい。これで、兵士は消耗品ではなくなることになる」

「消耗品……」

光弘はインペイシャントの言葉に愕然とした。この男は人間を消耗品と考えていたのだ。こんな男に富士君を委ねることはできない。

「キャップ」光弘は小声で村松に進言した。「あの男は危険です。富士隊員は我々で保護しましょう」

「それなんだが……」村松は眉間に皺を寄せた。

「どうしたんですか？　富士隊員はどこなんですか？」

「巨大フジ隊員の人間体は我々が回収した」インペイシャントが言った。

「いったいどんな権利があって……」

「我々の持っている権限については、もう何度も説明している。我々が人類と地球文明の存続に必要と判断したものはすべて接収できるのだ。物であろうと人であろうとな」

「すまん、井手」村松が言った。「ビートルが大破して、我々の身動きがとれなくなっている間に、国連軍の応援部隊が到着して、富士君を連れていってしまったんだ」

「アーマーを女性型に改造することについては、君の手を借りるまでもないだろう。後は我々だけでやることにする。今までご協力ありがとう」

　駄目だ。富士君の身をこいつに任せる訳にはいかない。せめて、僕がついていないと……。

「いいえ。これからも協力は続けます」

「聞いていなかったのか？　もう君の協力は必要ないと言っているのだ」

「わたしがいなければ、計画は成功しません」

「なぜ、そんな事が言える？」

「メフィラスボットの挙動は極めて複雑です。モルフォ因子とは桁違いです。そもそも巨大化のスイッチをどうやって入れるつもりですか？」

「今回は巨人兵士との激突が巨大化の切っ掛けとなったようだが？」

「では、巨大化させるためにいちいち彼女に巨人をぶつけるつもりですか？　もし一度でも巨大化しなかったら、彼女は永久に失われることになります」

「彼女の細胞からメフィラスボットを抽出して、別の人間に移植すればいいだろう」

「メフィラスボットは彼女のゲノムに合わせて設計されている。謂わば特注品です。我々にはまだそのような技術はありません」

「井手、つまり君は彼女を命の危険に曝《さら》さずに巨大化できる方法を知っているというのか？」

井手は頷いた。「それだけではなく、彼女に最適なアーマーを設計することもできます」

「では、その方法を教えろ」

「それには、条件があります」

「何だ？」

「わたしをそのプロジェクトに参加させてください」

「以前、君は巨人兵士プロジェクトに参加することに躊躇していたのではなかったかね？」

「ええ。あの時はそうでしたが、今回は積極的に参加したいと思っています」

「どういう心境の変化だ？」

「避け得ない運命なら、いっそのこと自分から飛び込んで、切り開こうと思ったまでです」

インペイシャントは光弘の顔を興味深げに見詰めている。

光弘は無言で見詰め返した。

「目を逸らさなかったな。いいだろう。プロジェクトFへの参加を許そう」インペイシャントはにこりともせずに言った。

◇

「もう完成したのか？　たった三か月だぞ」村松は目の前の巨大なアーマーを見て目を見張った。

「基本設計は以前とさほど変わりませんしね。それに製造工程はすでに何年もかけて効率化されていたので、設計さえ終われば一、二週間で組み立てられるんです」

だが、村松の目にはアーマーの外見はかなり違って見えた。

そのフォルムはごつごつした甲冑ではなく、女性のスタイルをそのままなぞったものになっていた。またごてごてとした武器類はコンパクトに纏められ、細身の銃身に変更されていた。

「女性型の見掛けになったのは、できるだけ富士隊員の身体にフィットさせるためです。無駄な空間があるとその部分が構造的な弱点になってしまいますから。また、武器が小さくなったのは単純に設計の最適化が進んだためです。前回の戦闘で相当のノウハウが蓄積できましたから」井手は村松に説明した。

「ところで、プロジェクトFの『F』というのは何のことだ？」嵐が尋ねた。

「特に説明はなかったな。女性型の巨人なので、〝Female〟の頭文字じゃないかな？」

「俺はまた〝Fuji〟の頭文字のことかと思ったぜ」

「そういう解釈でもいいんじゃないかな？　ひょっとすると、両方を含めた意味なのかもしれない」

「富士君はこのアーマーの内部で巨大化するということだったな」村松が言った。

「巨大化してからアーマーを装着するとなると、継ぎ目が必要となりますからね。継ぎ目は必ず弱点になります」

「アーマーの中で、空中元素固定現象は起きるのか？　空気が足りないんじゃないか？」嵐がさらに尋ねた。

「巨大化の瞬間、外気を強制的にアーマー内に取り入れるシステムになっているんだ」

「君の発案で画期的な技術が三つ採用されたと聞いているが？」村松が尋ねた。

「はい。たぶんそのうちの一つはこれでしょう」光弘は直径五センチメートル程のペンダントのようなものを見せた。表面には立体的な幾何学模様が彫られている。

「何だ、それは？」

「このペンダントの中央部分を押すと、パターン・ウルトラを発生します」

「なるほど。そのアイテムがあれば富士君は自分の意思で巨大化することが可能になる訳だ。他には？」

「二つ目は縮小プロセスに関するものです。アーマーの胸部中央の内側に熱原子X線発生装置を取り付けました。これで外部から照射する必要がなくなります」

「彼女が自分で操作できるのか？」

「はい。それだけでなく、外部からコントロールすることもできます。それから特に操作しなくても巨大化三分後には自動的に作動するように設定されています」

「どうして三分なんだ?」嵐が訊いた。

「彼女の細胞を使って実験した結果、巨大化中は遺伝子の変異がどんどん進んでいくことがわかったんだ。それも加速度的に進行していき、三分を超えると爆発的に変異が進むことになる」

「つまり、どういうことだ?」

「巨大化の時間が三分を大幅に超えると、もう元のサイズには戻れなくなるということだ」

光弘は苦悶の表情を見せた。「インペイシャントはそれでもいっこうに構わないという姿勢だったが、僕は猛反対した。巨大化した状態のままだと何が起こるかわからないと言ってこの装置を付けることを認めさせたんだ」

「まるでウルトラマンのカラータイマーのようだ」村松がアーマーの胸の辺りを見上げて言った。

「もちろんウルトラマンのカラータイマーがヒントになりました。通信状態が悪い状況下でも明確に残り時間がわかるようにという配慮です。ウルトラマンと同じく残り一分で赤に変わります」

「それで、三つ目の技術とは?」

光弘の表情が暗くなった。「実は今でも、本当にこの技術を導入してよかったのかと悩んでいるのですが……」

「何だ、いったい？」

「防御機能です」

「バリヤーのことか？」

「先日の戦闘でバリヤーの信頼性はさほど高くないことが判明しました」

「ビーストの攻撃はちゃんと防いでいたじゃないか。それどころか無重力弾の爆発にも耐えた」

「しかし、富士君の打撃で脆《もろ》くも崩壊してしまいました。怪獣の攻撃力が常に富士君の打撃より弱いとは期待できません」

「なるほど。つまり、君はバリヤーをさらに強化した訳だな」

「とりあえず、バリヤーの強化は行いました。防御能力はひと桁向上しています。ただ、強化するだけでは、限界があります。どんなに強化してもそれを上回るパワーで攻撃されれば、バリヤーは崩壊してしまいます」

「じゃあ、どうすると言うんだ？」

「バリヤーは攻撃をはね返すという発想です。そうではなく、攻撃をすべて受け入れるという発想で考えたのです」

「しかし、攻撃を受け入れたら、ダメージを受けてしまうだろう」

「相手の攻撃を自分の力にすればいいのです」

「わかった」嵐が言った。「風船怪獣バルンガだな」

光弘は頷いた。「バルンガはガソリンやウラニウムのような燃料から地震や台風のような自然現象まであらゆるエネルギーを吸収し、無限に成長する怪獣だ。僕はバルンガ細胞の構造を分析し、それと同じ構造の人工物でアーマーを覆ったんだ。これで、どんな敵の攻撃もすべて吸収して、自らのエネルギーとして活用できる」

「素晴らしいじゃないか。何を悩んでいるんだ？」村松が尋ねた。

「宇宙人の技術ではなく、怪獣の能力をコピーするのは拙《まず》かったんじゃないかと思うんです。生命は必ず人間の思惑を超えてきますから」

「考え過ぎじゃないのか？　何もバルンガ細胞を直接利用した訳じゃないだろ？　ただ、その構造を真似ただけだ。鳥や昆虫の形態をヒントに飛行機の翼の構造を設計するようなものだ」

「飛行機の翼は原理が解明されています。しかし、バルンガのエネルギー吸収現象はまだ完全に解明されていません」

「役に立つのなら、原理は後回しでもいいんじゃないか？　工業や医療はそうやって進歩してきた」

「富士君を守るためには、この技術を導入する他はなかったというのが正直なところです。でも、僕は不安なんです。何か予想外のことが起きるんじゃないかと」

「完璧を目指していてはいつまでたっても出発できないぞ。おまえは仲間を守るために精いっぱいのことをした。大事なのはそのことじゃないか」

「僕の取り越し苦労ならいいのですが」光弘は胸騒ぎを抑えることができなかった。

◇

「やったぞ。ついにコミュニケーションが成立した」躁躁が踊り始めた。

「あなたがそう思っているだけで、向こうはこっちのことなんか気にしていないのかもしれないわ」鬱鬱は俯《うつむ》いたまま言った。

「何を言ってるんだ？　このデータを見ろ。確実にこちらの呼び掛けに反応している」

鬱鬱はデータをぱらぱらと確認した。

「じゃあ、もう地球はおしまいね」

「ああ。俺たちの手で世界は終わりを遂げる。そして、新たな闇の新世界が誕生するのだ。俺たちが王として君臨する国だ」

「そのためには、悪魔と交渉して契約しなくてはならないわ」

「それは悪魔ではない。新世界の神だ」

鬱鬱は黙々と作業を続けた。「この信号は高度過ぎる。言語だとしたら、情報が多重化され過ぎていて、人間の言葉には翻訳できないわ」

「自然言語などという下等なものにレベルを合わせる必要はない。俺たちの脳に合せた専用言語を使え」

「それでも、不可能だわ。この言語は複雑過ぎて、人間の脳では処理できない」

「では、情報を削ぎ落とせ」

「そんなことをしたら、正しく相互理解はできないわ」

「人間の脳が処理できない言語を使う種族を、正しく理解などできるものか。心配する必要はない。俺の考えが正しければ、まもなく俺たちは新しい脳を手に入れることになるだろう。神の脳だ。神の脳があれば、対等に話をすることができる」

「通信チャンネル確保。言語のダウンコンバート設定も完了したわ」

二人は自らの頭部に設置されたコンセントに電極を挿入し、超言語通信を開始した。

「こちらは地球。あなたは何者か？」

「要求。知性体との交信」変換装置から情報が直接脳に注ぎ込まれる。

「我々はこの世界で最も高い知性を持つものだ」

「嘲笑」

「我々はあなたがこの世界へ侵入するための経路を確保することができる」

「即時開放」

「それには条件がある」

「即時開放」

「条件を飲まない場合は交渉を打ち切る」

「要求。条件提示」

「我々をあなたと同じ存在にしろ」

「不可能。容量不足」

「では、我々を取り込んでくれ」

「躁躁！　それは駄目！」鬱鬱が首を振った。「人間でなくなってしまう」

「人間であることにどれだけの意味があるというんだ？　答えてくれ。あなたは我々を取り込むことはできるか？」

「要求。脳内の走査」

「了承する」

二人は絶叫した。鋭い爪で脳内を掻き回されているような感覚だった。

「適能者。憑依可能」

「やはりそうだったんだ。俺たちはこのために作られたんだ」躁躁は浮かれて言った。

「わたしたちは道具。怪物を呼び寄せるための器」鬱鬱は泣き出した。

「怪物ではない。神だ。ウルトラマンのように人に媚びる神ではない。人を超越した真の神だ」

「ウルトラマン」情報が伝わってきた。

「そうだ。ウルトラマンだ」

「確認。ウルトラマンの存在」

「かつて、この世界に現れた。今はもういない」

「要求。憑依。要求。出現」

「了解した」躁躁は端末にコマンドを打ち込んだ。

ブルトンの細胞群塊に信号が送られる。

「一ナノ秒の間、二つの世界は完全結合する。必要なものはいくらでも、どんな巨大なものでも移動可能だ」

「我のみ。他者不要」

「接続！」

躁躁の高笑いと、鬱鬱の絶叫が響き渡った。

◇

「まただ！」端末の前で光弘が叫んだ。

「何かあったのか？」村松が駆け寄る。

「また、このパターンです。ビーストが現れる直前にも発生しました」

「過去の怪獣や宇宙人のパターンに似ているのか？」

「いいえ。しかし、僕はこれを見てパターン・ウルトラを思い出しました」光弘は画面に二つのパターンを同時に表示した。「上がパターン・ウルトラ、下が今回のパターンです」

「似ても似つかないぞ」

「そうです。全く似ていない。それなのに、なぜ僕は似ていると感じたのか？」

「俺に訊かれても答えられる訳がないだろ」

「見ていてください。二つの波形から特定の波長のみをフィルタリングします」

「これは……」

「ほぼ同一です」

「これはどういうことだ？」

「つまり、このパターンはウルトラマンと似て非なる存在が出したものである可能性があるということです。正体不明――闇の中の存在というところが、ダークマターと似ているので、このパターンをパターン・ダークと名付けました」

「なんだか不吉なネーミングだな」

「キャップ」富士隊員の代わりに通信担当になった嵐が言った。「怪獣出現です」

「場所は？」

「大阪です」

「大阪か。ゴモラ以来だな。状況を報告せよ」

「今、大阪市北区の様子をスクリーンに出します」

「これは……」

真っ黒な墨のような雲に覆われた梅田スカイビルの上空に三体の人型の存在が確認できた。

「ウルトラマンか？」

三体の姿はウルトラマンの姿に酷似していた。しかし、ウルトラマンが銀と赤を基調としていたのに対し、今回の三体は黒と赤を基調としている。

「ウルトラマンと似て非なる存在か」村松が呟いた。「ザラブ星人が変身したにせウルトラマンの例もある。姿が似ているからといって、味方だと考えるのは早計だろう。とにかく現場に向かうぞ！」


ジェットビートルが大阪に到着した時、すでに三体の巨人と防衛隊の交戦は始まっていた。三体のうち二体がまず地上に降り立った。そして、一〇秒と経たない間に梅田は焼け野原となっていた。予兆も警告も全くなかった。巨人は息をするように都市を壊滅させたのだ。

次に第三の巨人が地上に降り立った。

先に降りた二体が何をどうやったのか、ビルの残骸から玉座のようなものを作りだし、第三の巨人はそれに腰かけた。

二体はじっと第三の巨人にかしずくような姿勢をとっていた。どうやら三体の間には主従関係があるらしい。

防衛隊の攻撃に対しては、下位の二体が対応していた。といっても、防衛隊の攻撃は全く歯が立たず、ただ単に未知の光線で防衛機が狙い撃ちされているだけだったが。

「今、本部から連絡があった。三体の仮称が決まったそうだ」村松が言った。

「誰が付けたんですか？　本来なら、最初に到着した我々が付けるべきなのに」光弘が不服を言う。

「仕方がないだろ。これほどの被害を出したんだ。仮称なしでは、対策会議も開けないからな。まず三体の総称は『闇の巨人』だ」

「まあ、妥当ですね」光弘は賛同した。

「上位の巨人は『暗黒破壊神』、下位の二体のうち、比較的赤い部分が多いピエロのようなのが『赤き死の巨人』、黒い部分が多い死神のようなのが『黒い悪魔』だ」

「なんだか文学的過ぎるネーミングですね」

「直感的なわかりやすさを優先したんだろうな」

「防衛隊が引き揚げていきますよ」嵐が言った。

「これ以上攻撃を続けても犠牲者が増えるだけだからな。何か作戦を立てないと犬死にするばかりだ」村松が言った。

「我々はどうしましょうか？」光弘が言った。

「まずは、やつらとのコミュニケーションを図ろう。交渉が決裂した場合は、ＱＸガンと無重力弾を試してみるしかないだろうな」

「和平交渉はすでに防衛隊がやってるはずですよ」

「もう一度やろう。姿を見る限り、闇の巨人はウルトラマンに近い存在のはずだ。誠意をもって話せば通じるかもしれない」

「また一匹新しい雑魚《ざこ》が飛んできたようだな」突然、言葉が頭の中に飛び込んできた。

「井手、これが新しいパンスペースインタープリターの機能なのか?」村松がおどろいて言った。

「違います。まだ電源も入れていません」光弘もうろたえながら答えた。

「あれはさっきのやつらとは別組織です。ただし、特に気にする必要はありません」また、言葉が頭の中に飛び込んできた。

「どういうことだ?」

「少し待ってください」光弘はパンスペースインタープリターの調整を行った。「わかりました。彼らの会話の一部を我々の脳が受信しているのです」

「彼らは日本語を使っているのか?」

「実際の彼らの会話は高次元の高密度情報通信のようなものですが、我々の脳の言語野が言葉と認識できる成分だけを拾って、日本語に変換しているのです」

「どうして、やつらは会話を暗号化せずにただ漏らしにしているんだ? 非常に迂闊な連中なのか?」

「そうではなく、我々を完全に見くびっているのでしょう。我々にすべて聞こえても特に問題がないと考えているので、面倒な暗号化をしていないのです」

「こちらの声も聞こえているのか?」

「やろうとすればできるでしょうが、あの態度だと、たぶん聞く気はないと思います。防衛隊の呼び掛けにも反応はなかったようですし」

「とりあえず、得意の宇宙語で彼らに通信を送ってみてくれ」

「キエテ・コシ・キレキレテ……反応はないようですね」

「パンスペースインタープリターを使えばどうだ？」

「注意を引くことぐらいはできるかもしれません」

「よし、彼らに呼び掛ける。変換を始めてくれ。……闇の巨人に告ぐ。こちらは地球の科学特捜隊だ。我々に敵意はない」

闇の巨人たちは科特隊からの通信に気付いたようで、一瞬ビートルの方を見たが、答える気はないらしく、そのまま無視して空中移動を開始した。暗黒破壊神ダークザギは玉座に座ったまま移動している。

「南に向かってますね」嵐が言った。

「中央区、西区、浪速区、天王寺区の避難状況はどうだ？」村松が尋ねた。

「大阪市内の避難はすべて完了しています」

「避難地域を泉州地方全域に広げた方がいいかもしれんな」

「浪速区に到着しました」

ダークザギの玉座は通天閣の真上に到達し、そのまま塔を上部から破壊しながら着地した。

「ここがおまえたちの新世界か」ザギは言った。

黒い悪魔ダークメフィストと赤き死の巨人ダークファウストは平身低頭したまま答えなか

った。おそらくザギは返答など求めておらず、ただ単に人類文明を蔑むための発言だったのだろう。

「闇の巨人に告ぐ。我々は戦いを望まない。話し合いを行う用意はある。即座に敵対行動を停止せよ」村松は辛抱強く呼び掛けている。

「これ以上の呼び掛けに意味はないんじゃないでしょうか?」嵐は言った。「攻撃に移りましょう」

「しかし、ウルトラマン級の存在三体にビートル一機で立ち向かえるものだろうか?」光弘は疑問を口にした。

「攻撃は我々が到着するまで待つんだ」インペイシャントからの通信が入った。「一対三では望み薄だ」

インペイシャントが来る。ということは……!

「待ってください。まさか富士隊員も来るんじゃないでしょうね」光弘は言った。

「何を言ってるんだ? プロジェクトF以外、我々にどんな打つ手があるというんだ?」

「富士隊員には荷が重すぎます」

「随分な言い様ね」明子の声がした。「にせウルトラマン三人ぐらいに負けたりしないわよ」

「いや。にせと決めつけていいものかどうか」

「まさか、あいつらが本物のウルトラマンだなんていうつもりはないわよね?」

「本物というか、人間にも善悪があるように、巨人たちにも善悪に相当する存在がいてもおかしくないだろ」

「じゃあ、もしウルトラマンがまだ地球にいたとしたら、あいつらを放っておいたと思う？」

「ウルトラマンが彼らを見過ごす？　そんな馬鹿な」

「だったらわたしも見過ごせないの」

「だって、君は……」

「じゃあ、あとでね」明子は通信を切った。

君はウルトラマンじゃない。

「あと一分で現場に到着する」


ザギは国連軍の超音速輸送機を見た。「あれは何だ？」

「国連軍の兵器のようです」

「地球人は統合されていない様々な軍隊を持っているようだな。なんと非効率な種族だ」

「人類はまだ統一されてはいないのです」メフィストが答えた。

「もう少しましな種族だったら、奴隷にしてやってもよかったが、その価値もないようだ。目障りだ。絶滅でいいだろう。おまえたちの時間にして四、五分でおおよその決着はつく。まあ最後の一人を殺すまでには一時間ぐらいはかかるかもしれないがな。……どうした、ファウスト？　今、一瞬、恐怖の思念を感じたぞ」

「ファウストはザギ様のお力に畏《かしこ》まっているだけでございます」メフィストが言った。「同胞の滅亡を恐れている訳ではございません」

　ザギはメフィストを殴った。

　メフィストの身体は数キロメートルの距離を飛び、ミナミのビル群にぶつかった。

「おまえはまだ自らを人類だと考えておるのか？」

「申し訳ございません」メフィストは片膝を道頓堀に沈めたまま傅《かしず》いた。

　超音速輸送機からコンテナが切り離された。

　ザギは輸送機には注意を払わず、コンテナを見詰めている。

「何だ、あれは？　メフィラス臭いぞ。地球人にメフィラスが協力しているのか？」

「以前、地球にメフィラス星人が参りました」ファウストが答えた。「その時、やつの技術の一部を掠め取ったのでしょう」

「なぜ、メフィラスは地球を支配しなかったのだ？」

「当時、地球にはウルトラマンがおりました。メフィラス星人は小競り合いの後、ウルトラマンと決着をつけることを嫌い、この地球を去ったのです」

「気の弱いやつだ。まあ、メフィラスごときなら、その程度だろう」ザギは片手を広げてコンテナに向けた。「メフィラス以外にも少し混ざっているな」

「地球人の科学者がいろいろ試したのでしょう」

「脆弱なものを相手にするのはつまらん。何か趣向はないのか？」

「地球人同士戦わせるというのはいかがでしょうか？」

「おまえたちのどちらかが戦うということか？」

「わたくしたちは、もはやあのような下等動物ではございません」メフィストは慌てて否定した。「わたくしが遊びで作ったおもちゃと戦わせるのでございます」

突如、空中に光る円盤状の物体が現れた。

「透明化か。子供だましの技術だ」ザギが言った。

「はい。しかし、人間どもには効果がございます」メフィストは指先から光弾を発射し、円盤を破壊した。

爆発の後に現れたのは、ジャミラだった。

「怪獣化した地球人か。まあ、趣向としてはこんなものか」

ほぼ同時にコンテナが開いた。

それは新型アーマーに包まれた巨人兵士Fの姿だった。

「何だ、あの無様な物体は？」

「巨人化した人間にウルトラマンを模した鎧を纏わせているのです。人工的に作られたウルトラマンの紛い物です」

メフィストが言い終わった瞬間、ザギはメフィストの腹部に強烈な蹴りを叩き込んだ。

メフィストはいくつものビルを崩壊させさせながら、道頓堀からアメリカ村方面へと転がっていった。

「紛い物だと？　きさまにいったい何がわかると言うのだ?!」

「どうやら仲間割れのようですね」光弘が言った。「今が攻撃のチャンスかもしれません」

「しかし、向こうにも援軍が現れたぞ」村松が言った。

「やつらは人間をジャミラ化したみたいですね。ご安心ください。ジャミラの弱点は心得ています。水を掛ければすぐに倒せます」

「アーマーFはウルトラ水流を使えるのか？」

「あっ。そう言えば、その機能はありませんでした」

「大事なところが抜けているな」嵐がぼやいた。

「ウルトラ水流を使えるようにしようと思ったら、アーマーに巨大なタンクを取り付けなきゃならない。重くて動けなくなるよ」

「ウルトラマンにはタンクなんて付いてなかったぞ」

「おそらくウルトラマンも空中元素固定現象を使っていたんだろ」

「二人とも、無駄口はいい加減にしろ。今は、富士隊員のサポートに全力を尽くせ」村松が窘《たしな》めた。

「富士君、ジャミラは水に弱い」光弘は明子に呼び掛けた。「そして、幸運なことに大阪は水都と呼ばれるほどに川や水路が多い。そのどこかに突き落とせば、すぐに勝負はつく」

「でも……」明子は躊躇しているようだった。

「何を迷ってるんだ？」

「ジャミラは人間が変異した怪獣よ」

「以前のジャミラはそうだった」

「きっと、このジャミラもそうよ。人を殺すことなんかできない」

ジャミラは火炎を吐いた。

明子はすぐにバリヤーを起動させる。

摂氏一〇〇万度の火炎がバリヤーにぶつかった瞬間、ばりばりと轟音が響き渡り、激しく明滅を繰り返した。

「バリヤー出力限界です」光弘が叫んだ。

「何だよ。いきなり、ピンチじゃないか」嵐が言った。

「防御一辺倒じゃだめなんだ。富士君、やつを攻撃するんだ！　光線兵器でも、格闘術でもいい！」光弘は叫んだ。

「駄目よ。怪獣にされてしまった人を攻撃する事なんてできない」

「もし君が元人間の怪獣を攻撃できないとしたら、敵は今後ますます人間を材料とした怪獣兵器を投入してくるだろう。君が手も足も出ないまま、人類は敗退する」

明子はジャミラに対峙し、戦闘体勢をとった。だが、そのまま動かない。

「駄目だ。富士君はジャミラと戦えない」光弘は唇を噛んだ。

「今回は撤退しかないか……」村松は呟いた。

「富士君」インペイシャントが割り込んだ。「もし君がジャミラと戦わないのなら、我々は君の大脳皮質に制御装置を埋め込むことになるが、それでも構わないのか？」

「いったい何の権利があって……」光弘が抗議した。

「わたしの権利ではない。人類全体の生存のためだ」

警報が鳴り始めた。バリヤー崩壊が迫っていた。

「南無三」光弘はビートルを急降下させ、ジャミラの背後に回り込んだ。

「駄目だ。闇の巨人に近付き過ぎている！」村松が叫んだ。

「だが、この角度でないと、富士君に当たってしまいます」光弘は自動操縦に切り替えると共にマルス１３３を発射した。

ジャミラは全身から火炎を放出した。

ビートルは急上昇する。

ジャミラは表面から、焼き尽くされ、灰となって上空に舞い上がった。

「井手、みんなを道連れに自殺するつもりかよ！」嵐が喚《わめ》いた。

「さっきの会話を聞いたろう？　暗黒破壊神は弱いものとの戦いには気乗りじゃなかった。だから、ビートルが接近しても、直接闇の巨人を攻撃さえしなければ、見逃すと思ったんだ」

「何か根拠はあったのか？」

「根拠は僕の勘だ」

「勘を根拠にみんなの命を懸けたのか？」

「だが、こうしなかったら、富士隊員はジャミラに倒され、人類生存の望みは絶たれてしまっただろう」

光弘は背筋に冷たいものを感じていた。

これは緊急避難だ。人類を守るための正当防衛だ。

しかし、すべてが終わった時、責めはすべて僕が受けよう。

村松は光弘の心中を察したのか、そっと肩に手を置いた。

ザギは燃え上がるジャミラを眺めていた。

「思った通り、つまらないことになった。どう責任をとるんだ、メフィスト？」

だが、メフィストはまだ瓦礫の中に埋もれたまま立ち上がることができていない。

「弱い。弱いぞ、メフィスト」ザギは玉座に座ったまま、ファウストの方を見た。「では、おまえがやれ。あの小賢しい飛行機と女を潰してみろ」

「はっ！」ファウストは両手の拳を重ねると、ビートルに向けた。「ダークレイ・ジャビローム‼」

だが、一瞬早く明子が空中に飛び上がり、ビートルへの光線を遮った。バリヤーに当たった光線は進路を大幅に変え、難波のビル群を嘗める。

明子自身もバリヤーが受けた反作用で吹き飛ばされ、いくつかのビルを巻き込んで倒壊させた。

「今のは何だ？　スペシウム光線か？」村松が言った。

「いいえ、別物です」光弘が分析を始める。「信じられない。こんな武器があるなんて」

明子は瓦礫の中から起き上がった。

「富士君、君は自分の戦いに集中しろ。我々を守りながら、戦うのは不可能だ」

明子は返事をしなかった。そのままビートルとファウストの間に割り込むようにじりじりと移動を続けている。

「キャップ、ここから離れましょう」

「敵前逃亡するのか？」

「そうじゃありません。この状況下では、我々は富士隊員の足手纏いになるばかりです。彼女を戦闘に専念させるためには、我々がここから離れるのが最善の策です」

「よし。いったん退避だ」

ビートルは急上昇しながら、戦闘現場から離れていった。

◇

ファウストは笑った。「見て御覧なさい。あなたの友達はあなたを見捨てて逃げていったわよ」

「いいえ。これで思う存分実力が出せるわ」明子は言った。

「なんですって？」ファウストは明子の方を見た。

だが、そこに明子はいなかった。

次の瞬間、ファウストは背中に衝撃を受けた。

明子は瞬時にして、地面を転がり、ファウストの背後に回って、拳で攻撃したのだった。

ふいを突かれて、ファウストは地面に倒れる。

明子がさらに攻撃を加えようとした瞬間、ファウストは地上を高速で移動した。地上すれすれを飛行しているらしい。

ビルに隠れて位置が摑めない。

明子は精神を集中し、ファウストの気配を摑もうとした。

——来る！

明子が跳躍した瞬間、ダークレイ・ジャビロームが足下を掠《かす》めていった。

これで居場所がわかったわ。

明子はビルを蹴ると、いっきに数百メートル滑空し、ファウストに飛び蹴りを食らわした。

ファウストは飛行中に背中を蹴られて、腹部を道路に擦りながら超音速で飛ぶことになった。膨大な量の土砂が巻き上がって大阪中に衝撃波が飛び交い、ビルの半数が倒壊した。

ファウストは立ち上がることができないようだった。

——どうしよう？　止《とど》めを刺すべきかしら？　でも、もうこの巨人は動けない。だとしたら、止めを刺す意味はあるのかしら？

「ダークレイ・シュトローム!!」

明子は衝撃を受けた。瓦礫を撒き散らしながら地面の上を転げまわる。

メフィストはほぼダメージから回復したようで、瓦礫の中に立ち上がり、両腕をウルトラマンがスペシウム光線を発射するようにクロスさせていた。いや、よくみると、スペシウム光線とは腕の組み方が九〇度回転している。右手が水平、左手が垂直で、さらに左手が前。

今の一撃はバリヤーが防いでくれたようだ。だが、いつまで持つかわからない。明子はエネルギー残量のゲージを確認した。残り二〇パーセント。あまり時間を掛けてはいられない。短期決戦に持ち込まないと、勝ち目はない。

明子は瓦礫に隠れながら、徐々にメフィストに近付いていった。

――さっき、暗黒破壊神は黒い悪魔の腹部を殴ったようだった。だとすると、まだ腹部にダメージが残っている可能性があるわ。狙うなら、そこしかない。でも、うまく近寄ることができるかしら？

メフィストはダークレイ・シュトロームを連続放射し、瓦礫を次々と爆破していく。明子が隠れることのできる場所をなくすつもりらしい。

――ウルトラマンは怪獣に止めを刺す時にのみスペシウム光線を使い、戦闘当初から多用することはなかった。スペシウム光線はエネルギーを大量に消費するためか、あるいはウルトラマン自体に悪影響があるために、長時間使うことができなかったと推定される。闇の巨人の光線武器がウルトラマンと同じ特性を持っているとは限らないが、両者の形態や戦闘様式の類似性から考えて、その可能性は高い。だとすると、いつまでも連続放射はできないはず。

わたしを発見したら、光線ではなく、格闘に切り替えて攻撃してくる公算が高い。

果たして、ダークレイ・シュトロームの放射はだんだん断続的になっていた。無暗《むやみ》に瓦礫を破壊するのではなく、明子が隠れていそうな場所を狙っているようだった。

――だったら、そのうち必ず、ここを狙ってくるわ。

次の瞬間、まさに明子が隠れている瓦礫の山にダークレイ・シュトロームが命中した。

――これを待っていたの。やっと黒い悪魔に近付くことができる。

明子は飛び散る瓦礫に紛れて宙を飛び、メフィストの目の前に降り立った。同時に回し蹴りを叩き込む。

だが、明子の蹴りはメフィストの両腕にガードされてしまった。

「馬鹿な女め！　このダークメフィストに力で対抗しようとは！」メフィストの手首に長大な爪――メフィストクローが現れた。

「死ね!!」メフィストはアーマーの腹の部分にメフィストクローを突き立てた。

メフィストクローはバリヤーをいとも簡単に突き破り、アーマーの表面を剝ぎ取った。

アーマーは内部構造が剝き出しとなり、精密機器が激しく損傷し、火を噴いた。

明子の耳には様々な警報が一斉に聞こえた。

まだ大丈夫。全部の機能が死んだ訳じゃない。

「ふん。そこそこ丈夫な鎧だな。生身までは届かなかったか。ならば、もう一度だ」メフィストは明子の首を掴んで、宙に持ち上げ、メフィストクローの狙いを定めた。

明子は力なく、メフィストの顔面に手を伸ばした。そして、そのまま動かなくなった。

「何だ、今のは？　最後のあがきか？　とにかくこれで終わりだ!!　飛び道具を用意してこなかったことを後悔して死ね」メフィストは腕に力を込める。

メフィストの頭部が発光した。

明子は投げ出され、瓦礫の山を三つ吹き飛ばした。

「飛び道具はあったのよ。だけど、至近距離で使わないと効果がなさそうだったから、温存していたの。今さっきは、スパーク8をゼロ距離から発射したのよ」

見たところ、メフィストは傷付いてはいないようだった。だが、動くことはできないようだ。――止めを刺すかどうかはわたしじゃなくて、キャップかインペイシャントに決めて貰った方がいいわね。

だが、通信装置は壊れてしまったようで、誰にも連絡は付かなかった。

――いいわ。とにかく、今は最後の敵と戦うしかないんだから。

心配なのは、アーマーが一部破損したことだった。使用可能な武器はスーパーガンとマルス133のみ。また、飛行能力も使用不能だ。パワーアシスト機能も停止しているので、明子自身のパワーで戦うしかない。アーマーの破損部はバリヤーで保護しているが、エネルギー残量は五パーセントしかない。

——絶好調とは言えないかもしれないけど、一対一なら、なんとかなるかもしれない。

明子はザギの玉座に向かって歩き出した。

ザギは明子をじっと見つめていた。

「どこから来たかは知らないけど、わたしたちはもうにせウルトラマンなんかに騙されたりしないわ」

「にせウルトラマンだと？」ザギは玉座から立ち上がった。

「ウルトラマンを真似てそんな姿に化けてるんでしょうけど」

「やつは来たのか？」

「誰？」

「やつだ。この世界にウルトラマンは何体来た？」

「二人よ。ノアの神を入れたら、三人かもしれないけど」

ザギは咆哮し、その次の瞬間には明子の横に立ち、彼女を蹴り飛ばした。

アーマーの全体から火花が飛び散り、煙が立ち上った。

見えなかった。暗黒破壊神は速過ぎる。

明子はスーパーガンにスパーク8を装塡しようとしたが、装塡装置は動かなかった。なんとか左腕を持ち上げ、マルス133を発射する。

ザギは光弾を片手で払った。「スペシウム光線の紛い物か。本物でも効きはしないがな」

ザギはゆっくりと歩き出した。

――あいつが近付くのを待つのよ。そして、またゼロ距離で攻撃してやるわ。

ザギは歩みを止めた。

「楽に死ねるとは思うな。我らをさんざん馬鹿にした報いだ」

ザギの両腕から光線――ザギ・ウェーブが発射され、メフィストとファウストを包んだ。

二体の闇の巨人は立ち上がった。

「おまえたちの傷は修復してやった。この女を甚振《なぶ》り殺しにしろ。だが、近付くなよ。また小細工をするかもしれん。その場所から光線で焼き尽くせ」

二体はそれぞれ光線発射のポーズをとった。

明子は何とか状況を逆転する方法はないかと考えていた。

黒い悪魔や赤き死の巨人と較べて、暗黒破壊神の戦闘力は圧倒的だった。今から考えると、配下の二体ではなく、最初から暗黒破壊神のみをターゲットとして戦うべきだった。体力やエネルギーが充分な状態だったら、万に一つぐらい勝ち目があったかもしれない。

しかし、今更悔やんでも仕方がない。現状、勝てる方法を捻りだすしかない。

今、明子が持っている最強の武器は信頼性が低いとはいえ、無重力弾ということになるだろう。ただし、装塡装置は壊れているため、投げつけるか、直接敵の身体に密着させて爆発させるしか手がない。投げ付ける場合、その速度は秒速七〇〇メートル前後にしかならないだろう。おそらく暗黒破壊神は簡単に避《よ》けてしまう。かと言って、直接密着させるには、充分に近寄る必要があるが、警戒している敵に近付くのは至難の業だ。

いずれにしても、熱原子X線装置が自動的に駆動するまでは後一分半もない。もし彼らの攻撃に耐えたとしても、普通の人間に戻ってしまうのだ。

あるいはこのまま退却するという手もある。巨人化を解けば小さくなるので、隙を見てアーマーから逃げ出し、瓦礫の中に潜むこともできる。もっとも、彼らが本気で明子を殺す気なら、簡単に見付け出されてしまうだろうが。

こうなったら、光線を浴びながらでも、なんとか暗黒破壊神に近付くしかない。もし敵が明子を侮っていてくれたら、充分に近付くまでバリヤーが持ってくれたら、そして無重力弾が運良く高性能のものだったら、暗黒破壊神を倒すことができるかもしれない。おそらくうまく事が運んだ場合、明子自身も無重力弾の爆発に巻き込まれるだろうが、それは些細な問題だ。

明子は決心した。

その時、ビートルが急降下してきた。

真っ直ぐザギに突っ込むコースを取りながら、ありとあらゆる武器を発射していた。

ザギは丸い縦形のバリヤー――ザギ・リフレクションを展開する。

ビートルの武器は光線もミサイルもすべて弾き返された。

ビートルはそんなことに構わず、攻撃を続けながら、ザギに突っ込んでいく。

――特攻するつもりなの？　止めて！

ザギは拳から光弾――ザギ・シュートを発射した。

ビートルの両翼が吹き飛んだ。

「みんな！」明子は悲鳴を上げた。

ビートルは失速したが、ジェットエンジンを高出力モードに切り替え、無理やりロケットのようになって、飛行を続けた。しかし、操縦が不安定になり、破れた風船のようにあちこち大阪の空を飛びまわった末、大阪湾に墜落した。

明子は科特隊が作ってくれた一瞬の隙を見逃さなかった。

ザギに向かって走り出す。

だが、同時にメフィストのダークレイ・シュトロームとファウストのダークレイ・ジャビロームが明子に命中した。

しかし、アーマーは崩壊しなかった。

バリヤーが奇跡的に光線を防いでくれたのだ。

明子は止まらずに走り続ける。

あと二〇〇メートル。

ザギは逃げようともせず、明子を見詰めていた。

あと五〇メートル。

エネルギーが尽き、バリヤーが消失した。

——あと一歩だったのに……。

二つの光線がアーマーを直撃した。

アーマーの損壊部分から高エネルギーが侵入してくるのがわかった。

それはもはや熱さという次元ではなかった。

自分の身体が腹から食い尽くされていくようだった。

そして、すぐに楽になった。

痛みはどこかに去っていき、目の前に光が迫ってきた。

◇

「うまくいきそうだったのに、暗黒破壊神が動き出してから形勢が逆転してしまったぞ」嵐が言った。

「黒い悪魔と赤き死の巨人まで復活させてしまったな。そして、残り時間は一分あまりしかない」光弘は言った。

「富士隊員は逃げられるだろうか？」村松が尋ねた。

「この状況下では難しいですね」光弘は答えた。

「何か手を考えろ」

「すでに考えています」

「どんな手だ？」

「現状、ビートルが使用可能な武器はスーパーガン、マルス133、原子弾、マッドバズーカ、強力乾燥ミサイル、QXガン、スパーク8、ニードルS80、無重力弾です。これらをすべて使って攻撃しながら、暗黒破壊神に向けて突入するのです」
「それが作戦と言えるか？　幼稚園児でも思い付きそうだが」

「しかし、われわれができることはすべての武器を使って、暗黒破壊神に隙をつくること以外にありません。隙をつくることができれば、富士隊員の勝機に繋がります」

「なんだか特攻作戦みたいに聞こえるが」嵐が言った。

「大丈夫。特攻にはなりませんよ。どっちに転んでも」光弘が答えた。

「どっちに転んでもって、どういうことだよ？」

「つまり、作戦がうまくいった場合は、暗黒破壊神は倒されるので、特攻にはならない」

「なるほど。それでうまくいかなかった場合は？」

「暗黒破壊神を倒すのに失敗した場合、あいつは僕たちが体当たりするのを見過ごすとは思えない。僕たちの運が良ければ避けてくれるだろうし、運が悪ければ撃墜されるだけだ。絶対に特攻になんかならないさ」

「それを聞いて安心したよ」嵐は皮肉っぽく言った。

「よし、自動操縦でいくぞ。三人で、できるだけ多くの武器をぶっ放すぞ！」村松が言った。

だが、全ての武器はザギ・リフレクションで弾かれていく。

「なんだか、屁のつっぱりにもなってない気がするな」と、嵐。

「驚くほどのことじゃないよ。想定の範囲内だ」光弘が言った。

「このままだとやっぱり特攻になりそうだぞ」

「いや。そろそろ、反撃される頃だ」

ザギはザギ・シュートを発射した。

「衝撃に備えろ!!」

村松が叫び終わる前にビートルの両翼が吹き飛んだ。

光弘は自動操縦を切ると同時にエンジン出力を最大にした。

「何をしているんだ?!」村松が言った。

「助かるための作戦ですよ。ビートルは翼がなくても、エンジン出力を最大にすれば、ロケットやミサイルのように飛行を続けることが可能な設計になっているのです」光弘が答えた。

嵐が絶叫した。

「だが、めちゃくちゃに飛び回っているみたいだが」村松は必死に座席にしがみ付きながら言った。

「舵が利かないので、仕方がありません」

「だったら、結局墜落してしまうんじゃないか?」

「補助ロケットを使って、なんとか墜落しないように踏ん張ってみます」

「それにしたって、いつかは落ちるだろ」

「めちゃくちゃに飛んでいれば、そのうち必ず大阪湾に出ます。その時にエンジンを停止すれば、自動的に着水できます」

「言葉は正確に使え。海に墜落するということだな？」

「もう吐きそうなんだが」嵐が言った。

「すまないが、我慢してくれ」

「いや……無理……」

突然、自由落下状態になった。

光弘がエンジンを停止させたのだ。

光弘は無重量状態の中、さらに操作を続けていた。

「何をしているんだ？」村松が尋ねた。

「数百台のドローンを放出しました。これで、富士隊員の状況が摑めます」

「われわれ自身の状況は摑めているのか？」

「はい。あと、〇・五秒で……」

激しい衝撃を受けて、光弘はそれ以上の言葉を続けられなかった。

「海中に沈んでいくぞ！」

「結構な速さでしたからね。でも、浮力で減速がかかってますから、もうすぐ上昇に転じますよ。ビートルは水に浮くように設計されているのです」

果たして、光弘の予想通り、機体は徐々に浮かび上がり始めた。

「しかし、波間に漂う状態では、攻撃されたらひとたまりもないだろう」嵐が顔を拭いながら言った。

「やつはもう我々に関心はないと思う。殺虫剤をかけた蚊の行く末を気に掛ける人間はいないだろう」

「俺は結構気にする方だ」

「とりあえず、今は富士隊員の動向に注目だ」村松が言った。「井手、ドローンの準備はいいか？」

「はい。今ディスプレイに出します」

明子は二体の闇の巨人の光線を受けていた。バリヤーが脈動し、明滅を始めている。

「拙い。もうエネルギーがない」光弘が言った。

「バリヤーが消失したら、アーマーはどのぐらい持つんだ？」

光弘は首を振った。「アーマーの強度は関係ありません。腹部に穴が開いているので、そこから高温プラズマが流入して、内部機構と富士隊員の肉体を焼き尽くすことでしょう」

バリヤーが消失した。すぐさまアーマーが真っ赤に灼熱し始めた。

光弘は操作盤に拳を叩き付け、突っ伏した。「僕は何もできなかった。最低の人間だ‼」

「落ち着け、井手！　富士隊員がやられたのなら、我々がしっかりしなくてはならないんだ！」

「富士隊員が最後の望みだったんです。もう打つ手は何もありません」

「いや。まだ早田がいるじゃないか。もう一度彼の肉体を分析して、ウルトラマンを復活させるんだ」

「早田はウルトラマンではありません。彼は単なる憑代《よりしろ》だったんです。そして、ウルトラマンはもう地球にいない」

「畜生！　富士隊員があんなに苦しんでいるのに、俺たちには何もできないのか！」嵐が言った。

「えっ？」光弘は顔を上げた。「何だって？」

「いや。富士君が苦しんでいるのに何もできないのは歯痒いって……」

「そんなはずはないんだ」光弘はディスプレイを見詰めていた。

「そんなはずはない？　バリヤーが消えたら、ひとたまりもないって言ったのは、おまえだぞ」村松が言った。

「そうなんです。あの光線はスペシウム光線に匹敵するものです。その直撃を受けて、即死しないことなんてありえません。それなのに、富士隊員が生きているということは……」

「じゃあ、富士隊員に何が起こっているんだ？」

光弘はディスプレイの画像を拡大した。

「アーマーの形状が流動的に変化しています」

「融解しているのか？」

「違います。融解しているのなら、重力に従って下に流れるはずです。アーマーはその場に留まったまま、形態が変化し続けています。これは融解ではなく自己組織化です」

「アーマーにそのような機能があったのか？」

「いいえ。少なくとも設計段階ではありませんでした。製造段階で秘密裏に組み込むのもほぼ不可能でしょう」

「しかし、現に何かが起こっているではないか」

「心当たりはあります」

「何だ？」

「バルンガ構造体です。今、バルンガ構造体は闇の巨人たちの放つ光線をエネルギー源として吸収し続けています。バルンガは吸収したエネルギーを自己の成長に活用していました。それと同じように、アーマーは自己組織化のために闇の巨人のエネルギーを活用しているようです」

「まさか、君はバルンガの細胞そのものを使ったんじゃないだろうな？」

「もちろん、そんなことはしていません。考えられることは、バルンガ構造体とメフィラスボット、そして闇の巨人のエネルギーが相互作用を起こして、何か別のものに変化しようとしているのだと思われます」

「つまりどういうことだ？」

「巨人がアーマーを取り込もうとしたのと似た現象です。富士隊員の肉体がウルトラアーマーFを原子レベルで、取り込もうとしているのです」

「危険ではないのか？」

「危険かどうかはわかりません。しかし、その現象のおかげで、富士隊員は今、生き延びています。そして、重要なことは、闇の巨人たちもまた我々と同じように、何が起こっているか理解していないかもしれないということです。もしそうだとしたら、そこに彼らの隙が生じるかもしれません」

ザギは苦しみ悶える明子の様子を見て、何かを感じ取ったようだった。「おまえたち、たかが人間の作った鎧にいつまで手間取っているのだ？」

「我々の光線が吸収されているようなのです」メフィストが答えた。

「だらだらと温《ぬる》い光線を当てているから、長引くのだ。ハイパワーでいっきに粉砕してやる」ザギは右手の指の甲側に左手の肘を置いたポーズをとった。赤黒い光線──ライトニング・ザギがいっきに放出される。

明子のアーマーにぶつかり乱反射したパワーの一部を受けて、メフィストとファウストは吹き飛ばされた。周辺のビルの残骸は細かくくだけ、光輝く塵へと変化し、やがて蒸発して消えていった。

それでもザギは放射を止めなかった。やがて、ザギのエナジーコアが点滅を始めた頃、漸《ようや》く放射を止めた。

プラズマ化した塵が拡散する。

そこに立っていたのは銀色に輝く女性のフォルムを持つ巨人だった。わずかにウルトラアーマーFの特徴が残ってはいたが、アーマーとは明らかに違う存在だった。

「なぜだ？　バルンガの臭いなどしなかったのに……」ザギは戸惑っているようだった。

「たかが人間がバルンガの力を掠め取ったとでもいうのか？」

「あれは富士隊員なのか？」村松が言った。

「待ってください。今、分析中です」

密かに忍び寄ってきたファウストが女性型巨人に背後から襲いかかった。

二体がぶつかった時、激しい発光現象が起きた。

「今の光は、またパターン・メフィラスなのか？」

「違います。これはパターン・ダーク……いや。……」

「シュワッ！」女性型巨人は腕を交差し、ファウストに向けた。

銀色の女性型巨人の放射する光はダークファウストを飲み込み、粉砕した。

「これこそは紛れもないパターン・ウルトラ!!」光弘は驚愕の叫びを上げた。

◇

黒い悪魔ダークメフィストは人類のレベルをはるかに超えた超頭脳の持ち主であったが、今目の前で起こったことを理解できないでいた。

彼は必死で赤き死の巨人ダークファウストを捜していた。

……目の錯覚だ。光で目が眩んでファウストが消滅したように見えただけだ。きっと、あの訳のわからない銀色の巨人のふいをつくためにどこかに潜んでいるんだ。

「ファウストめ、恥を掻かせおって」暗黒破壊神ダークザギが言った。「我が力を分け与えたものが、たかが地球人の作った玩具に後れをとるとはあってはならぬこと」

……後れをとった？

「ザギ様、ファウストはどこでしょうか？　われわれは力を合わせてあの地球人と戦いとうございます」メフィストはザギに進言した。

「力を合わせて？　何のことだ？　我が力を貸して欲しいのか？」

「滅相もございません。わたしはファウストと共に戦いたいのです」

「何を言っている？　今、見ていたであろう。ファウストは滅んだ」

「お言葉を返すようですが、ファウストは滅んではおりません」

「何を言っているのだ？　ファウストは滅んだ。あやつの生命パターンはどこにも存在しない」

メフィストは呆然とザギを見詰めた。

……いったい、何を言ってるんだ？　これは俺たちが待ち望んだ神ではないのか？　俺たちの望みを叶えてくれるのではなかったのか？　なぜ、この神は鬱鬱が死んだなどと世迷言を言っているのか？

「地球人だ。おまえは弱い地球人だ。簡単に心が壊れてしまう」

「違う。俺は闇の巨人だ」メフィストは反論した。「決して弱い地球人ではない」

「だったら、なぜ嘆き悲しんでいるのだ？　屑が一匹死んだぐらいで」

「嘆き悲しむ？　俺が？」

「さっきから涙を流しているではないか」

……俺が泣いている？　そんな馬鹿な。俺は泣いたことがない。人間であった頃からずっとだ。

「わたしが倒した巨人はあなたにとって大事な存在だったのか？」ファウストを光線で粉砕した銀色の女性型巨人は、メフィストに敵意を見せずに静かに佇んでいた。「非常に申し訳なく思う。しかし、ああするより他になかったのだ。もし、あなたに人類と交渉する気があるのなら、これ以上の争いを避けられる」

　メフィストの拡大された自我の中で躁躁であった部分が激しく動揺し、精神の均衡は崩壊し始めていた。

……なんだ、こいつは？　なんでこんなに簡単にウルトラマンになっているんだよ？　俺は人類を超えるために、どんなことでもやってきた。糞みたいな人間どもに媚び諂《へつら》って、やっと神へと繋がる道を見付けだし、そして暗黒の神に魂を売ったんだ。何もかも鬱鬱と二人で幸せに生きることができる世界を作るためだった。それが何だよ。どうして、簡単にウルトラマンになるやつが現れて、鬱鬱を殺しちまうんだよ？　この女、俺みたいに才能あるのかよ？　多少、頭がよくて身体が動く程度じゃねえのかよ？　俺は何のために頑張ったんだ？

鬱鬱がいなかったら、この世界を滅ぼす意味もないじゃねえか！　いったい俺は何をしてきたんだよ！　くそっ！　ウルトラマン死ね!!　地球死ね!!　宇宙死ね!!

メフィストは三日月形の光線――ダークレイフェザーを発射した。

光線は女性型巨人の右腕に命中した。小さな爆発が起こり、巨人はふらついた。

……しめた！　どうやら、バルンガの特性はなくなったようだ。

メフィストはさらにダークレイフェザーを発射した。

「ジュワッ！」女性型巨人は軽やかに宙を舞い、ダークレイフェザーを回避した。

一瞬の隙を突いて、メフィストは女性型巨人に突進した。

二体は縺《もつ》れ合ったままビル群に突っ込んだ。

ビルは次々に倒壊していく。さらに周囲のビルも衝撃を受けて倒壊の連鎖が続いた。

メフィストは女性型巨人の腹部をメフィストクローで狙った。だが、バリヤーで阻まれ、巨人の身体に到達しない。

「猪口才《ちょこざい》な！」メフィストはクローを地面に突き立てた。「ダークシフトウェーブ！」

特殊な時空場をメフィストは自分の周囲に発生させた。このダークフィールドを展開すると、外部から観測できなくなり、さらに闇の巨人の力を増大させると共にウルトラマンの力を減退させる効果がある。

……もっとも、この女がウルトラマンと決まった訳ではないが。こいつは俺たち闇の巨人のエネルギーを受けて変異した。だとしたら、ウルトラマンになった理由が説明できない。

　メフィストは女性型巨人の足をメフィストクローで突いた。

　バリヤーはいとも簡単に貫通した。皮膚は貫くことはできなかったが、やはりある程度のダメージを受けたようで、動きがやや鈍った。

……大丈夫だ。勝てる。

　メフィストクローが振り上げられた。

　女性型巨人は両腕の指先がカラータイマーの前で触れ合うように水平に構えた。指先に光輪が発生した。女性型巨人はそれを摑むと、振り下ろされるクローを受け止めた。

　閃光と衝撃波がダークフィールド内に広がった。

……何だ、これは？　八つ裂き光輪なのか？　光輪の形状を保持したまま手で摑んでいる。なぜそんなめちゃくちゃなことができるのだ？

　いったん引くべきかどうかメフィストは躊躇した。

……いや。一度引いてしまうと、相手のペースに巻き込まれてしまう。ここはいっきに力押しだ。

　メフィストはメフィストクローを突き出した。

　再び、光輪で弾かれる。

……光輪にはメフィストクローのような実体はない。何度もぶつければ、先に向こうが砕けるはずだ。

　超音速のメフィストクローが素早く突き出される。

女性型巨人もその動きに追随していたが、ついに光輪は歪み、プラズマと化して四散した。

女性型巨人はマッハ五で後退した。

……逃がすか！

メフィストはそれを上回る速度で追撃する。

再びカラータイマーの前で女性型巨人は指先を合わせた。

……何度光輪を発生しても結果は同じだ。

メフィストは女性型巨人の胸の中央を狙ってメフィストクローを繰り出した。

今までの中で最大の衝撃波が発生した。ダークフィールド内に残っていたビルはすべて砂塵へと還元された。

女性型巨人は両手に一つずつ光輪を握っていた。

そして、メフィストクローは二つの光輪にしっかりと挟まれていた。

メフィストクローは物理的に一つしかないが、光輪はいくつでも発生させられる。

……接近戦で勝負すべきではなかった。

自らの作戦ミスにメフィストは気付いた。女性型巨人が光輪を接近戦用武器として使用した時点で、深入りは避けるべきだったのだ。

……こうなったのは偶然か。それとも、こいつの作戦だったのか。とにかく、このままではまずい。

メフィストはメフィストクローを捻って、二つの光輪による縛《いまし》めから解き放とうとした。

メフィストクローは中央部からぽきりと折れた。

大爆発が起き、二体の巨人は弾き飛ばされ、同時にダークフィールドは消失した。

メフィストはすぐさま戦闘体勢を取ろうとしたが、メフィストクローが折れてしまったため、構えに迷いが生じた。

その隙に女性型巨人は宙を飛び、いっきに接近してきた。

折れたメフィストクローでメフィストはなんとか光輪での接近攻撃を防ぐと共に、後方に飛んだ。

その瞬間、女性型巨人は二つの光輪をメフィスト目掛けて投げつけてきた。

メフィストは避けきれず、光輪が両腕の手甲であるアームドメフィストに命中し、それらは粉砕された。

……なぜだ？　どうして、この女はついさっき変身したばかりなのに戦い方を知っているんだ？　人間のときにシミュレーションしていたとしても、動きが的確過ぎる。

「それはあなたが教えてくれたからだ」女性型巨人が言った。

……しまった。

闇の巨人たちは人類を見縊《みくび》るあまり、思考の隠蔽を全く行っていなかった。なぜか、女性型巨人は彼らの思考と同調し、それから戦術を読み取っていたのだ。

メフィストは慌てて思考を隠蔽した。

「あなたとの戦い方はもうわかっている。無駄な争いはやめよう」

……本当だろうか？　俺の能力はすべて読まれてしまったのか？　いや。単なるはったりだ。闇の巨人の力はそんなに底の浅いものではない。

メフィストは巨大な闇の球――ダークレイクラスターを作りだし、発射した。ダークレイクラスターは小さな無数の球に分裂し、女性型巨人を蜂の巣にしようと接近してくる。女性型巨人は瞬時にバリヤーを展開した。球体はすべて空しくバリヤーに遮られたかに見えた。

だが、メフィストはバリヤーの僅かなちらつきを見逃さなかった。

……今、あそこを狙えば、バリヤーは粉砕できる。

メフィストはダークレイ・シュトロームの構えをした。

同時に女性型巨人も奇妙な構えをした。左手の指先を揃え、胸の前に水平に構えると同時に、同じく指先を揃えた右手を真っ直ぐメフィストに向けた。

その構えは、ザギからメフィストに与えられた記憶の中の、あるウルトラマンの構えに似ていた。

……まさか、そんなはずはない。盗み見た俺の記憶を利用して、俺の動揺を誘おうとしているだけだ。

メフィストはダークレイ・シュトロームを発射した。

だが、それが女性型巨人のバリヤーに影響を与えるより先に、女性型巨人の右手から発射された光線が自らのバリヤーを粉砕し、ダークレイ・シュトロームを散乱させ、メフィストの肉体に命中した。

メフィストは自らの肉体が粒子に還元していくことに気付いた。

……まだだ。まだ負けてはいない。こうなったら、最後の手段だ。自爆してこの地球ごと吹き飛ばしてやる！

もういいの。

……誰だ？

もう戦わなくていいのよ。

……なぜだ。俺はおまえのために戦ったんだ。

もうわたしたちの戦いは終わったのよ。

……では、俺たちの戦いは無駄だったのか？

いいえ。あなたは精いっぱい戦った。そして、それは今終わったの。だから、あとはゆっくり休めばいいの。

……鬱鬱、おまえが死んだ世界など何の意味もない。

わたしは死んでなどいないわ。さあ。今すぐ戦いをやめて、わたしと一緒に別の世界に行きましょう。

……ああ。俺たちの世界がそこにあるんだな。

メフィストは抗う事をやめた。

光の中で安らぎが彼を包んだ。

◇

「井手君、何が起こっているんだ？　ちゃんと説明しろ！」インペイシャントは通信機を通じて怒鳴った。

「説明しろと言われましても」光弘は困惑した。

「それが君の仕事だ。説明しろ」

「ええとですね。富士隊員が銀色の巨人に変身して、それから闇の巨人二体を撃退しました」

「そんなことは言われなくてもわかっている。わたしが聞きたいのはどうして、彼女があんな姿になったのかということだ。いったい、君はウルトラアーマーに何を仕込んだんだ？」

「あなたが知っている以外のものは何も搭載していませんよ」

「あれはウルトラマンなのか？」

「ウルトラマンとは何かによりますね。種族名なのか、個体名なのか。もし個体名だとするなら……」

「定義論をしている暇はない。君の感想ではどうなんだ？　ウルトラマンなのか、違うのか？」

「パターン・ウルトラが確認できました。個人的にはウルトラマンだと思います」

「ウルトラマンが帰ってきて彼女に憑依したのか？　それとも、別のウルトラマンが飛来したのか？」

「断言はできませんが、どちらでもないと思います」

「じゃあ、あれは何なんだ？」

「さっき言った通りです。富士隊員がウルトラマンに変身したんです」

「それはつまり、憑依されたのではなく、彼女が単体でウルトラマンに変異したということなのか？」

「そう考えるのが自然ですね」

「そんなことがありえるのか？」

「前例はありますよ。ジャミラとか、巨人とか、巨大フジ隊員とか。あと、未確認ですが、コイン怪獣カネゴンという変異体の報告もあります」

「そういう変異体とは明らかに状況が違うだろ。ウルトラマンなんだぞ。どうして、地球人が異星人と同じ姿になるんだ？」

「今、仮説を思い付きましたが、検証するのにしばらく時間が掛かりそうです」

「我々はどうすればいいんだ？」

「可能なら、彼女に加勢してください。できないのなら、彼女が勝つことを祈るだけですね。因みに、我々は祈るだけです」

「彼女を信頼していいのか？」

「信頼する以外に何かいい方法がありますか？」

「いいだろう。とりあえず推移を見守ろう。因みに、彼女の仮称だが……」

「仮称でなく、正式のコードネームでいいんじゃないですか？　ウルトラマンFでどうでしょう？」

「とりあえず仮称だ。我々に正式名を決める権限はない」

「すみません。現状分析をしなくてはならないので、いったん通信を終わります」

「井手、富士隊員の使った光線技なんだが、初めの二つはスペシウム光線と八つ裂き光輪でいいのか？」村松が尋ねた。

「まあ、違うとしても類似した光線でしょうね」

「黒い悪魔を倒した光線は何だ？」

「構えはアタック光線に似ていますが、おそらく違うでしょうね。見てください。ドローンのセンサの分析によると、光源の温度は摂氏八七万度に達しています」

「ジャミラの火炎温度の一〇〇万度の方が上じゃないか」嵐が言った。

「ジャミラのはプラズマの温度だから、大気中では拡散して遠くまでは大して届かない。この光線はコヒーレントだから、遠距離でも相当な破壊力だよ」

「あの光線で、暗黒破壊神を倒すことはできそうか？」村松が尋ねた。

「そう祈るしかありません。ただし、時間的に厳しいようです」光弘は言った。「カラータイマーが点滅を始めました」

暗黒破壊神ダークザギは耳に手を当てた。「人間どもはおまえをウルトラマンFと呼ぶことにしたようだ。まあ名前などどうでもよい。まもなく、おまえは消え去るのだから」

「あなたはなぜ地球人を攻撃するのか？」

「そんなことを訊いてどうする？」

「あなたを理解したいからだ」

「俺は理解して貰いたくはない。だが、戯《たわむ》れに教えてやろう。主に暇つぶしだ」

「退屈しのぎに文明を滅ぼすというのか？」

「我々に較べればおまえたちは虫けらに過ぎない」

「あなたがたは神にも等しいのかもしれない。しかし、あなたと同じ存在であるウルトラマンは我々と共にあった」

「くだらぬ！　では、逆に訊くがおまえは何者なのだ？」

「わたしは地球人類だ」

「では、なぜそれほどまでにウルトラマンに似ているのだ？　メフィラスが仕組んだのか？それとも、地球人の科学者の猿知恵か？」

「わたしはまだその質問に対する答えを持っていない」

「言いたくないのなら、強引に引き出すまでだ。おまえを殺す前にすべての知識を引き摺り出してやる」ダークザギは瞬時にしてウルトラマンFの背後に回り、頭頂部を摑んだ。

そして、一秒と経たずに、ザギは手を離し、Fから離れた。「まさか。本当に何の知識もなかったのか？」

　Fはふらつきながらも相手に応えた。「あなたは無防備にも精神を完全結合してしまった。わたしはあなたのすべてを知ることになった」

「おまえごときに何がわかるというのだ？」

「わたしにははっきりわかった」

「では、言ってみろ。俺の何を知っている？」

「ウルトラマンノアはアルファにしてオメガ。あなたは絶対にウルトラマンノアのように強くなれない」

　ザギは咆哮した。そして、恐ろしい速度で、Fに突入してきた。

　Fはザギを軽く受け流した。

「ノアになれないのではない。ならないのだ。俺はノアを超えるのだ。単なるコピーではない」

「あなたはウルトラマンになるべきものだった。あなたはウルトラマンのすべてを持っていたのだ。わたしはそれを受け継いだ。だから、わたしは地球人類にしてウルトラマンになったのだ」

「嘘を吐け！　俺から受け継いだものだけで、ウルトラマンになれるとしたら、なぜ俺はこんな無様なままなんだ？」

「あなたは必要なものをすべて持っている。そして、あなたはそれを使えなかった。それだけのこと」

「黙れ！　俺とおまえと何が違うと言うのだ？」

「何も違わない。ただ、あなたには見えていなかっただけ」

「ウルトラマンの秘密など、もうどうでもいい！　ザギ・シュート！」ザギは握り拳から光弾を発射した。

「ジュワッ！」Ｆは光弾を手で払いのけた。

ザギは瞬時にしてＦの背後に立ち、パンチを繰り出した。

しかし、Ｆはもはやそこにはいなかった。

ザギは身を低く構え、Ｆの居場所を探った。

「そこだ！」ザギは身体を高速で回転させながら、ビルの残骸の山に突っ込んだ。

心斎橋一帯に瓦礫の竜巻が吹き荒れた。

だが、すでにＦはザギの上空に移動し、そこから垂直に落下して、ザギの頭部に打撃を与えようとしていた。

ザギは身を翻すと、逆立ちの体勢で急上昇した。

二人のキックがぶつかり、大阪平野と大阪湾に大音量が鳴り響いた。

ザギはさらに加速しながら上昇し、成層圏に達した。

「ザギ・ギャラクシー！」

突如暗黒波動に導かれた隕石群が飛来し、Ｆに向かってくる。

隕石群に向かって、Fは突進した。

Fの周囲の空間に無数の火球が出現し、それぞれが隕石と激突し、大爆発を起こした。

「俺から掠め取ったエネルギーと情報で戦うつもりか。だがな、おまえには大きな弱点がある。おまえは同胞を傷付けられることを極端に恐れている」ザギは成層圏からいっきに下降すると、まだ避難の終わっていない神戸の方へと向かった。

Fはザギよりもやや低空にいたため、神戸直前で追い付くことができた。

「もう手遅れだ！」ザギは神戸の街に拳を向けた。

Fは背後からザギを羽交い締めにした。

「いずれにしても、あの街は終わりだ。二体の巨人が超音速でビル群に突っ込めば、人間どもは壊滅する」

「そうはさせない」


「二体の巨人が消滅した!!」光弘はドローンからの画像とデータを見ながら叫んだ。

「自爆でもしたのか？」村松が尋ねた。

「いいえ。違います。爆発は検知していません」

「じゃあ、センサが追随できない速度で移動したのではないのか？」

「それにしたって、すべてのドローンが撮っている画像のどれにもひとコマも映らずに移動することなんか……。そうか。あれかもしれない」

「何か思い出したのか？」

「惑星間宇宙船おおとりがバルタンに襲われたとき、ウルトラマンは未知の惑星と地球の二か所にほぼ同時に現れたんです。つまり、ウルトラマンはテレポーテーションができるんです」

「その推測が正しいとして、どうして富士隊員に同じことができるんだ？」

「それを言うなら、そもそも彼女がウルトラマンＦに変身したこと自体説明が付かないじゃないですか」

「ある事実を説明できないことが別の事実の説明を怠ることの理由にはならんぞ」

「とりあえず、今は彼らの居場所を特定することが大事です。科特隊の衛星観測網のデータを利用してみます。むむ。南極圏にパターン・ウルトラとパターン・ダークの反応があります。衛星からの動画をモニターに映します」

ザギとＦは猛吹雪の中、激しい空中戦を繰り広げていた。

Ｆが狙いを定めたと思われた瞬間、ザギは姿を消した。

一瞬、遅れてＦの姿も消失した。

「今度はニューヨークのマンハッタン島上空に現れた！」光弘は目を見開いた。「これは凄い」

ザギは市街地に向けて光弾を発射した。

Ｆは身をもって、光弾が市街地に到達するのを防ぎ、かなりのダメージを受けたようだ。

ザギは錐もみ状態のFに突撃した。

だが、ザギのパンチが当たる寸前、Fはザギの腕をとった。

二体は姿を消した。

「今度はサハラ砂漠上空だ！」

二体は絡み合ったまま、砂漠に墜落した。

膨大な量の砂塵が舞い上がり、直径数キロのクレーターが発生した。

「砂が邪魔でよく見えないな」嵐が不平を言った。

「砂の下で戦いが続いているようだ」光弘は必死でモニターを調節している。「砂の下に赤外線の閃光が続いて発生しているのが見える」

突然、閃光が止まった。

「今度はどこだ？」光弘は再サーチを行った。「北京だ」

スモッグの中に浮かんでは消える二体の姿があった。

「一体彼らは何をしているんだ？」

「今度は南太平洋に現れました」光弘は言った。「彼らの出現場所には明らかに一定の規則があります」

「規則？」

「交互に都市と秘境に現れているんです」

「なぜそんなことをするんだ？」

「暗黒破壊神が都市部に出現すると、Fが後を追い、確保して秘境に連れ出します。彼らの行動はこの繰り返しです」

「つまり、暗黒破壊神は常に都市部の破壊を試み、Fはそれを阻止するために、暗黒破壊神を秘境に運んでいるのか？」

「ただ、このままだとイタチごっこです。そして、変身時間三分を過ぎれば自動的にFの負けが確定します。あのカラータイマーは形態から推測するに、僕が設計した熱原子X線自動発生装置の機能を、そのまま保持しているはずです。数十秒以内に打開策を講じないと、まずいことになります。……なんと！　今度はモスクワですよ」

Fは自分の前方にバリヤーを発生させ、そのままザギに向かって突進した。

ザギは次々と光弾を発射したが、バリヤーを破ることはできないようだった。

だが、ふと気付いたようにFへの攻撃をやめ、目の前の聖堂群を破壊し始めた。

Fはバリヤーを解除すると同時にザギに飛び掛かった。

二体の姿は消えた。

「井手、今度はどこだ？」

「ちょっと待ってください。おかしい。世界のどこにも見付かりません」

「衛星群の死角に行ったんじゃないのか？」

「科特隊の衛星群には死角はありません。静止衛星だけではなく、準天頂衛星や極軌道衛星、成層圏プラットホームを組み合わせたシステムですから」

「じゃあ、地殻の奥深くに潜ったんじゃないのか？」

「その場合でも、ニュートリノや重力波で、パターン・ウルトラ、パターン・ダークは検知できるはずなんですが……」

「じゃあ、反対にとんでもなく高い上空で戦っているとか」嵐が言った。

「いや。ちゃんと、成層圏まで監視しているから……。そうか！　それよりも高い場所――宇宙空間だ。観測対象を地球以外にも広げればいいんだ」光弘は素早くコマンドを打ち込んだ。「パターンが見付かった。彼らは月にいる。……キャップ、衛星の望遠鏡の一つを月面に向ける許可をお願いします」

「ちょっと待ってくれ。さすがに手続きにしばらく時間が必要だ」

「それでは、間に合いません。衛星の一つをハッキングします」

「おい」

「後で始末書を出します」

「始末書で済む話じゃないぞ」

だが、光弘は操作をやめなかった。

モニターに二体の巨人の姿が映し出された。月面上空を互いに牽制しながら螺旋状の軌道を描いて近付きつつあった。

ザギは右腕を胸の前に水平に構え、その上に左肘を置いた。

Fは右腕の肘を曲げ垂直に構え、関節部分に左手の拳を当てた。

「あと一〇秒で時間切れです。おそらくこの光線の撃ち合いが最後の決戦になります」

ザギは最強の破壊光線を発射しながら、Ｆに突撃した。

Ｆも全く怯まずに光線を発射しながら、ザギに向かって飛行する。

二つの光線は互いに干渉しながら激突し、まるでスパークするように激しく発光した。月面は広範囲に亘って明るく輝き、三日月の暗い部分にもう一つの小さな月のような姿が浮かび上がり、そのとき月が見える地域の人々は空を見上げて訝《いぶか》しんだ。

二体が近付くにつれ、高エネルギーの乱流が巻き起こり、発生した電磁パルスは月に面した側の地球の半球を舐めつくした。電磁パルス対策を施している政府や軍の一部の施設以外では電気機器がすべてダウンした。

そして、ついに二体の腕は直接接触した。ゼロ距離での光線の応酬は発射源である巨人たちに凄まじいストレスを与えていると推定できた。

「変身終了まで、あと五秒」光弘が言った。「四、三、二……」

突然、ザギが後退した。

Ｆの腕からの光線がザギの肉体を貫いていた。

ザギは結晶化し、細かい罅《ひび》割れに覆われた。

Ｆが姿を消すのと、ザギが粉砕されるのとは同時だった。

◇

「Fはどこにいったんだ？」村松が言った。「まさか月面で人間体に戻ったのではないだろうな。もしそうだとしたら、一分も持ちこたえられないぞ」

「いえ。一瞬だけですが、この付近でパターン・ウルトラが検出されています。天神橋筋六丁目駅付近です」

ビートルの補助エンジンで海上を進み、目的地に着くまでには一時間も掛かった。

大阪の街はほぼ壊滅状態になってはいたが、奇跡的に大規模な火災は起きていなかった。

明子の身体はすでに元の大きさに戻ってはいたが、地上五メートル程の高さで眠ったように浮かんだまま白く発光していた。

光弘たちが近付くにつれ、高度は落ち、光も弱くなった。地上に降り立った瞬間、光は消え、閉じていた目を開いた。

「富士君、大丈夫なのか？」村松は尋ねた。

明子はゆっくりと頷いた。「全身の細胞の修復は終わったようです」

「いったい君の身体に何が起こったのか説明できるか？」

「わたしが闇の巨人たちから受け取った膨大なエネルギーと情報はとてつもなく大きな負荷となりました。わたしの体内のメフィラスボットとバルンガ構造体を持つウルトラアーマーは互いに呼応し、過負荷に耐えるために、変異したのです」

「つまり、闇の巨人たちのエネルギーと情報が君をウルトラマン様の巨人に変身させたとい

「大雑把にはそういうことになると思います。事実は遥かに複雑ですが」

「アーマーはどこに行ったんだ？」嵐は尋ねた。

光弘は簡易センサで明子の身体をサーチした。「彼女の身体に取り込まれてしまったようだ」

「アーマーは何百トンもあるだろう」

「物質として取り込んだんじゃない。彼女が取り込んだのはアーマーの設計図とでもいうべき情報だけなんだ。ちょうど我々の肉体が一個の受精卵の中の遺伝子情報を設計図として作り上げられているように、彼女は必要なときに自らの肉体をアーマー——厳密に言うならウルトラマンFの外殻——へと変異させられるんだ」

「じゃあ、ウルトラマンFの中身は富士君——というか、巨大フジ隊員のままだということか？」

「外と内との明確な境界はないと思う。巨大フジ隊員の肉体が外に向かうにつれ、徐々にウルトラマンFの外殻に変化していく感じかな」

「巨大フジ隊員？」明子が怪訝そうな顔をした。

村松は咳払いをした。「ああ。巨大化したときの君をふだんの君と区別する必要が生じたときに使うコードネームだ。気にしなくてもいい。そんなことより闇の巨人たちは何者なんだ？」

「かれらはウルトラマンになれなかった者たちです」

「どういうことだ？」

「遥かな太古、別の世界でも地球とよく似たことがおきたのです。ビーストたちに壊滅させられそうになった彼らの世界を一人のウルトラマンが救いました。そのウルトラマンが去った後、その世界の住民は自分たちのウルトラマンを作ろうとしました」

「我々と同じだ……」光弘は呟いた。

「その世界の住民はウルトラマンを完全に模倣したつもりでした。しかし、彼はウルトラマンにはなれなかったのです。進化の袋小路に入ってしまった彼はウルトラマンに嫉妬し、ウルトラマンを超えるために、自らがビーストの王になってしまったのです。そして、配下の闇の巨人たちを作りだしました」

「君は闇の巨人たちのエネルギーに触れ、ウルトラマンとなった。なぜ、闇の巨人にならなかったんだ？」光弘は尋ねた。

「闇の巨人は、ウルトラマンになるために必要なものを全て与えられていたの」

「しかし、彼らは闇の巨人となり、君はウルトラマンとなった。この違いは何なんだ？」

「さっき彼らと対峙したときにはその答えがわかったような気がしたの。でも、今はまたよくわからなくなった。ウルトラマンになったとき、わたしの意識は何百倍、いいえ何万倍も拡大されていたわ。それがまた元の人間の心に戻った瞬間にいろいろなことが曖昧になってしまった。……でも、ひょっとしたら、ウルトラマンと闇の巨人は同じものの別の側面なのかもしれないわ。たまたまわたしはこちらの側面に辿り着いただけなのかも」

「いずれにしても彼らは滅んだ。もう心配はない」村松が言った。

「いいえ、キャップ。彼らは本当の意味で死ぬことはないんです。それはウルトラマンも同じです」

「ということは、つまり闇の巨人たちが復活することもありえるということか?」

「はい。だからこそ、希望があるのです」

「希望?」

「かれらもまたいつの日かウルトラマンになれるかもしれないという希望が」

第４章　究極超獣

「科特隊が彼らの実験場を調査できないってどういうことですか？」光弘は憤慨した。「なぜ許可がおりないのですか？」

「許可するも何もあの国は自国内に怪獣兵器の実験場があること自体公には認めていないんだ。つまり、そのようなものは存在していないということだ。存在していないものの調査を許可することはできない」村松は本部からの通達を棒読みに近い調子で伝えた。

「そんな建前どうだっていいじゃないですか」

「建前がなくなると存在できなくなるもんなんだよ、国家というものは」

「しかし、あれだけの騒ぎを起こしたものを放置するのはまずいでしょう」

「放置している訳ではないらしい。非公式な発表によると、実験場自体は厳重に封鎖されているとのことだ。すべての出入り口を何重にもコンクリートや特殊合金で固めているので、何者も侵入できないそうだ」

「有害物質や病原体を閉じ込めるのとは訳が違います。あの中には生きているブルトンの細胞塊が存在しているんです」

「しかし、封鎖は完璧だと……」

「それは三次元の封鎖でしょう。四次元的には開放されたままなんですよ。ブルトンの細胞を今すぐ処分しないと何が起こるかわかりません」

「しかし、闇の巨人は撃退できた。危機は去ったというのが本部の見解だ」

「超次元微小経路は複数ありました。闇の巨人が通ってきたのは、そのうちの一つに過ぎません。他の経路の先に別の侵略者がいないとは限りません」

「上層部にそれを納得させるだけの証拠を提出できるか？」

「そのために調査が必要なんですよ」

「それはわかってるんだがね。ことが政治絡みになると、どうも一筋縄では……」

警報が鳴り響いた。

「超次元微小経路からの侵入です」光弘は分析を開始した。

「また、闇の巨人か？」

「いいえ。今回は別のパターンです。既知の怪獣や宇宙人のものではありません」

「全科特隊基地に警告を行おう。出現場所は実験場か？」

「侵入地点があそこなのは間違いありません。しかし、すぐに移動したようです」

「移動先を特定できないか？」

「もう少し時間をください」

「今、連絡が入りました。名古屋で異変発生です」嵐が言った。

「具体的な異変の内容は？」村松が尋ねた。

「それが、その……」

「どうした？　はっきり言え」

「空が割れたそうです」

「雲が割れたということか？」

「そうではなく、青空が……その……ガラス窓のように割れて、その向こう側が見えたとのことです」

「どういう比喩だ？」

「いえ。比喩ではなく、まさにそのようなことが起きたらしいです」

「空は個体の壁ではなく、数十キロに及ぶ大気の層で形成されているんだぞ」

「しかし、そうとしか表現できないそうです。……今、映像が入りました。スクリーンに映します」

名古屋城を背景に青空が広がっていた。だが、その青空はまるで壊れた壁のように不規則な形に割れており、その向こうにオレンジ色の異様な世界が広がっていた。

「これは風景にCGかミニチュアの映像を合成したものではないのか？」

光弘が端末の操作を始めた。「複数のポイントからの映像を解析します。……確かに『空の亀裂』は存在しているようです」

「いったいどういう現象なんだ？」

「超次元微小経路とはまた違う原理によって、別の空間と地球が接続されているようです。その接続の正確な構造を我々の脳が認識できず、『空の亀裂』として認識してしまうようです」

「どうして、そんな亀裂が発生したんだ？」

「地球に侵入した存在がさらに便利になるように行ったと考えるのが自然でしょう」

怪獣警報機が鳴り始めた。

「いよいよ、出現するようです」

亀裂の向こうに身長五〇メートルもの巨人が現れ、亀裂を飛び越え、地上に降り立った。

胸から上は概《おおむ》ね赤く、腹部は黄色で、足は赤かった。頭部はごつごつとして、目は黄色く光り、頭部には三本の角のようなものが生え、口からは二本の牙が突き出していた。左手は比較的人類の手の形に近いが、右手は三日月形の鎌のようになっている。全身、突起物や鱗《うろこ》に覆われている。

◇

「パリ本部から連絡がありました。あの怪獣もしくは宇宙人の仮称は『異次元超人』です」

巨大ヤプールの出現で名古屋市内はパニックに襲われた。

とにかく「空を割って現れる」という人類の科学知識を完全に愚弄するかのような出現方法は名古屋市民を絶望させるには充分だった。

明らかに直立二足歩行をしているため、知的生命体であることが推測され、様々な呼び掛けが行われたが、巨大ヤプールは全くの無反応だった。

巨大ヤプールは亀裂の前に立つと奇妙な踊りのような身振りをした。

その動きに合わせ、亀裂の向こうに反応が見られた。

何か巨大な存在の片鱗が見え隠れしていたのだ。

つまり、あの名古屋の上空に出現した亀裂のようなものはいきなり、別の世界に繋がっているということになる。

平面型の裸の特異点が出し抜けに地球の大気中に存在しているのだ。それは相対性理論や量子物理学といった現代物理理論でも全く説明のできない奇怪な現象だった。

各国の科学機関は名誉に懸けて、この現象を解明しようとしたが、全く手も足も出なかった。

そして、さらに世界を震撼させることが起きた。

異次元超人巨大ヤプールがさらに別の怪獣らしきものを呼び寄せたのだ。

亀裂の向こうから現れた霧のようなものが晴れたとき、それは最初からそこにいたかのように存在していた。

　その怪獣は二足歩行で、頭に数本の角を、胴体から巨大な四本の触手を生やし、体色は金と青を基調としていた。身長は七九メートルあり、体重は八万二〇〇〇トンと推定された。

「分析結果が出ました」光弘が報告した。「あれは今までの怪獣の概念とはかけ離れた存在のようです。つまり、怪獣でありながら超兵器なのです」

「それはつまり怪獣兵器だということか？」村松が尋ねた。

「今までに我々が知っている怪獣兵器は捕獲したり、クローニングしたりして手に入れた怪獣を改造して兵器化したものだと考えられています。それに対し、今回の怪獣は単なる怪獣兵器ではなく、最初から超兵器として設計されたとしか思えない身体構造をしています。つまり、人工物と生体が明確な境界を持たずに一つに繋がっているのです。分析チームはただの怪獣とは一線を画す意味で『超獣』というカテゴリーを新設すべきだという主張を行っています。それに伴い、今回の超獣の仮称を究極超獣とすることも併せて提案しています」

「それで、その究極超獣が現れた後、異次元超人の姿が見えなくなったのだが、あれはいったいどうなったんだ？」

「それが、目撃情報が錯綜していて何が起こったのか明確にはできないのです」光弘は報告を続けた。「証言は大きく二つのタイプに纏まります。一つは、異次元超人自身が超獣に直接変異したというもの。もう一つは、異次元超人が究極超獣を召喚した後に、自ら吸収されたというものです。どちらにしても、異次元超人と究極超獣は同一の存在と考えていいようです」

「究極超獣は名古屋市街地に対し、攻撃を開始しました」嵐が通信内容を報告した。

「モニターに映せ」村松が言った。

究極超獣Uキラーザウルスが白熱光を発した瞬間、市街地の半分は火の海となった。闇の巨人たちのときと同じく、全くなんの警告もなかった。

「全く酷い。交渉しようにも、相手の要求がわからなくてはどうしようもない」村松は唇を嚙んだ。

「地球で破壊行動をすること自体が目的だと考えることはできないでしょうか?」光弘は言った。

「だとすると、人類にとっては絶望的だ。我々は高度な知性は必ず平和的な存在であるという希望を持って進んでいたというのに、破壊だけが目的の高度な文明があるなんて」

「いえ。希望は捨てるべきではないと思います。少なくとも、我々はルパーツ星人やウルトラマンに出会っています。宇宙の文明がすべて兇悪な訳じゃないんです」

「人類に告ぐ」モニターに様々な言語で表示された。

「これは何だ?」村松が尋ねた。

「究極超獣から発信されています」光弘が分析を行った。

「つまり、彼らはコミュニケーションをとろうとしているのか?　これはいい傾向だ」

「確かにいい傾向ですね。挨拶をする前に都市の半分を焼き尽くす訪問者がやってきたのですから」

「皮肉を言うな。問答無用で攻撃を続けるやつよりはましだということだ」

「通信の続きが入ってきました」嵐が言った。

「即座にウルトラマンを差し出せ、さもなくば人類を絶滅させる」やはり人類の様々な言語で表示された。

「これはどういう意味だ」村松は唖然として言った。

「文字通りの意味だと思います」光弘は苦悶の表情で答えた。

「彼らの翻訳ミスではないのか？」

「すべての言語で同じ意味の文章を送ってきています。彼らの要求はウルトラマンです」

「彼らに返信するんだ。『ウルトラマンは地球を離れた。要求に応えることはできない。破壊活動を中止して、我々と交渉することを要望する』」

「彼らの使った全言語とパンスペースインタープリターで送りました」

だが、何時間経っても、Uキラーザウルスからの回答はなかった。人類からの様々な呼び掛けにもいっさい答えず、沈黙を守り続けていた。

国連や各国政府は大混乱となった。

要求の内容が不明確だったのが、最も困惑した点だった。

要求を突き付けるだけで、期限の提示もない。また、「ウルトラマン」という単語の意味も曖昧だった。

これは地球を訪れ、そして去っていった、あの初代ウルトラマンを指しているのか、あるいは闇の巨人たちとの戦いで偶然生まれたウルトラマン的な存在のことを言っているのか、それとも、人類が入手したウルトラマンに関する様々な技術のことを言っているのか。

人類はUキラーザウルスに質問をし続けた。しかし、最初の通信以外、それはいっさいの通信を行わなかった。

設立途上にある地球防衛軍に一切を任せようという議論も行われたが、地球防衛軍はまだ準備段階でしかないため、結局、異次元人への対応は国連の特別委員会と科特隊に委ねられることになった。

◇

「先程から何度も申し上げているように、究極超獣の元にはわたしが行くべきなのです」早田は会議の席上で主張した。「彼らのいうウルトラマンとは明らかに科特隊と共に数十体の怪獣と戦ったあのウルトラマンのことです。ウルトラマンFは先日出現したばかりで、異次元人がその存在を認知しているとは考えにくいのです」

会議には村松班から早田の他に村松と光弘が参加していた。

「しかし、君自身はウルトラマンではない」議長は言った。

「ウルトラマンはわたしの変身です」

「君の変身というよりは、君に憑依していたのではないのか？」

「同じことです。ウルトラマンとして出現する場合もわたしとは分離せず一体のままウルトラマンになっていたのですから」

「ウルトラマンはすでに宇宙の彼方に帰った。もし異次元人のいうウルトラマンが最初に現れた初代ウルトラマンであるのなら、そもそも要求をのむことすらできないではないか」

「だから、わたしはウルトラマンの一部だったのですから、わたしを差し出せばいいことです」

「異次元人が君を必要とする理由は何だ？」

「わたしにはウルトラマンの痕跡が残っています。それを分析すれば、ウルトラマンの秘密が摑めるのでしょう」

「科特隊の分析では何の痕跡も発見できなかったと聞いているが？」

「それを言うなら、科特隊は当初富士隊員の身体からもメフィラスの痕跡を発見できませんでした。地球の科学ではわからなくても、異次元の科学なら何かが見付かるのかもしれません」

「では、異次元人が欲しているのが君だと仮定してみよう。彼らに君を差し出すのが名案だと思うか？」

「もちろん、わたしを差し出したからといって、彼らが引き上げてくれるとは限りません。しかし、彼らが地球を攻撃する大義名分がなくなるのは確かです」

「異次元人が大義名分を気にするという根拠は？」

「もちろん、それはありません。しかし……」

「もし君にウルトラマンの痕跡があったとして、異次元人はただの好奇心でそれを欲しているのだろうか？　超獣を作るようなやつらだ。ウルトラマンの情報を新たな兵器に活用する可能性の方が遥かに高い。つまり、君を差し出せば、人類は自分の首を絞めることになる」

「彼らの要求に屈するのはナンセンスだ」インペイシャントが発言した。「ただし、要求をのむふりをして、隙をついて攻撃することは可能だろう」

「現時点で相手は攻撃を中断しています。その状況で奇襲をかけては却《かえ》って相手を刺激することになりませんか？」村松が発言した。

「村松君、君は異次元人と交渉が可能だと考えるのか？」

「コミュニケーションが可能な相手とは交渉できるはずです」

「これがコミュニケーションかどうかはまだわからない。一方的な通信はコミュニケーションとは別物だ」

「しかし、交渉を試みずにいきなり戦闘を始めるのは、文明人のやり方とは言えません」

「君に異次元の文明の知識はあるのか？」

「いいえ。それは……」

「異次元どころか、この三次元空間の別の天体の知識すら殆どない。そうだな？」

「……はい」

「議長、この件については我々巨人兵士班に一任して貰えないでしょうか？」インペイシャントが言った。

「それは地球の命運を一握りの研究班に託せということか？」

「先日の闇の巨人たちの侵入時にわかったはずです。異世界からの侵略者に対応できるのは、われわれのチームだけです」

「確かにそうだが、だからと言って君たちの判断が正しいとは限らないだろう」

「いいですか？　緊急事態にいちいち国連の上層部の判断を仰いでいたら、時間切れになってしまうのです。ウルトラマンFの変身時間は三分しかないのです。じっくり議論している時間はありません」

「わかった。作戦開始以降に緊急事態に陥った場合、チーム独自の判断で動くことを承認しよう。ただし、作戦開始前は我々の指示に従って貰う」

「ふむ。まあそれは仕方がないでしょうな」インペイシャントは不服げに言った。「それでは、今から異次元人対策を立案いたしますので、その承認を待ってから作戦を開始することにします」

　全員が賛同し、会議は解散した。

「村松君」会議の後、インペイシャントが呼び掛けてきた。「今度の作戦にも君のチームに参加して貰う」

「また、富士隊員を出動させるつもりですか？」

「富士隊員と早田隊員のどちらを使うかは未確定だ」

「早田が出動する可能性もあるのですか？」光弘が声を上げた。

「さっき彼自身が希望したではないか」

「早田、君はもうウルトラマンじゃないんだぞ」光弘が言った。「どうやって戦うつもりだ？」

「インペイシャント博士は人間が怪獣と戦うためのシステムを開発してくれている」

「巨人兵士になるつもりなのか？　それは自殺行為だ」

「では、これからずっと富士隊員にすべてを被せるつもりなのか？」

「そうじゃない。富士隊員に頼らなくても怪獣と戦う方法はあるはずだ」

「だから、それが巨人兵士システムなんじゃないか」

「巨人兵士システムは不完全だ」

「それを言うなら、ウルトラマンFも全く未知の現象だ。これ以上、富士隊員一人に危険を冒させ続ける訳にはいかない」

「それは僕も同意見だ。しかし……」

「早田君、富士君と較べて君の利点は何だ？」

「実績です。わたしは数十頭の怪獣と戦い倒してきました」

「ウルトラマンとしての記憶はないと聞いたが？」

「直接的な記憶がすべてではありません。わたしの中にきっと何かが残っているはずです」

「それは思い込みレベルの話だ」光弘が異議を唱えた。

「手駒は多い方がいい。Fだけに頼るのはあまりに高リスクだ」インペイシャントが言った。

「いいだろう。早田君、君を巨人兵士班に迎え入れよう」

「僕は反対だ」光弘は言った。

「反対の理由は何だ？」早田が言った。

「巨人兵士は消耗品だ」

「じゃあ、Fは消耗品ではないというのか？　もし怪獣に敗れたらどうなるんだ？　それに、復帰システムが壊れたら、富士隊員はずっとあの姿のままになるんだろ？　彼女一人を犠牲になどできない」

　警報が鳴った。

「何が起こった？」村松がバッジ型の通信機に向かって言った。

「こちら、科特隊日本支部迫水《さこみず》班、究極超獣が活動を再開した」

「何かメッセージはあったのか？」

「何もない。ただ、突然周囲に向かって攻撃を始めた。肩から背中にかけて生えているとげをミサイルとして発射している」

「迫水班長」早田が呼び掛けた。「こちら早田です」

「おう。ウルトラマン――いや。ウルトラマンだった男か」

「究極超獣に向けて通信を行ってください。今からそちらにウルトラマンを送ると」

「それは構わないが、本気なのか？」

「もちろんです」

「でも、もうウルトラマンはいないはずだ。ひょっとして、あのお嬢さんのことか？　だとしたら、反対だ」

「彼女ではありません。僕が行きます」

「なるほど。だが、それは無謀だ」

「あなたが僕の立場だったら、どうしますか？」

「ううむ。難しい質問だな」迫水は言葉に詰まったようだった。

正直な人だな。

光弘は思った。

「インペイシャント博士、現場に向かいましょう」

「これは面白くなってきた」インペイシャントはほくそ笑んだ。

◇

「考え直すことはできないか？」名古屋へと向かう超音速輸送機の中で光弘は早田を説得していた。「テストもなしに巨人兵士になるのは、あまりにも無謀だ」

「巨人にならずに究極超獣に立ち向かうのはもっと無謀だと思うが」早田は笑った。

「どうして君が犠牲になる必要があるんだ？」

「理由？　それは僕がウルトラマンだからだ」

「いや。君は……」

「変身能力の有無は関係ない。僕はずっとウルトラマンだったし、これからもウルトラマンであり続ける。ウルトラマンは人々の夢を壊す存在を決して許さない」

光弘は早田の意志が強固であることを悟った。

彼はウルトラマンであることをやめるつもりはないのだ。これ以上の説得は無意味だ。

「わかった。さっさとあの超獣を片付けてくれ、ウルトラマン」光弘は手を差し出した。

「ああ。もちろんだ」早田は光弘の手を握った。

「まもなく、名古屋に到着します」輸送機内にアナウンスが流れた。

光弘は名古屋の惨状に目を見張った。

名古屋城を中心とする地域――東区、西区、北区、中区はほぼ壊滅状態だった。奇跡的にテレビ塔は残っていたが、周囲は猛火につつまれ、焼け落ちるのは時間の問題だった。

「通常ならすでに巨人化が完了した兵士を輸送して、コンテナを強行着陸させるのだが、今回は君を巨人化するのに間に合わなかった。したがって、輸送機ごと名古屋空港に着陸して、そこで巨人化処置を行う事にする」インペイシャントが言った。

着陸後、早田はアーマーの中に乗り込んだ。腹部の空洞内で、モルフォ血清を打ち、巨人化を待つ。

「バイタルの変化は起こったか？」インペイシャントは言った。

「いいえ。まだ変化は見られません」

「血清を打ってからの時間は？」

「約五分です」

「おかしい。すでに巨大化が始まってもいい時間だ」インペイシャントは通信機に向かった。

「早田、モルフォ血清をさらに追加で投与しろ」

「待ってください」光弘は言った。「モルフォ因子は猛毒です。簡単に増量していいものではありません」

「構わない。わたしが許可する」

「了解しました」早田が答えた。

だが、それでも反応は起こらなかった。

「どういうことだ？」インペイシャントは焦り出した。

「現在解析中です」

「アーマー内にどれだけのモルフォ血清が残っているんだ？」

「ほぼ一〇回分相当です」

「それでは、全量を早田に投与しろ」

「博士、早田を殺す気ですか？」

「すでに通常の二倍の量を投与しているんだ。おそらく早田はモルフォ因子の効きにくい体質なのだ。量をいっきに増やすしかあるまい」

「最適量が不明なのですから、今回は見送るべきです」

「今が緊急事態だというのがわからんのか？　いまそこで防衛隊も国連軍も歯が立たない超獣が暴れているんだぞ。悠長に最適量の検討を行うつもりなのか？」

「井手、僕のことなら構わない。覚悟の上だ」

「早田！」光弘は叫んだ。

「やめて早田さん」通信機から明子の声が聞こえた。

「わたしも今そっちに向かっているわ。究極超獣の相手はわたしがするから、早田さんはそのまま待機しておいて」

「富士君、君だけを危険に曝す訳にはいかない」早田が言った。「今、一〇回分の血清を投与した」

「井手さん、すぐに早田さんをアーマーから出して！」

「駄目だ。今、アーマーから出すのは却って危険だ」光弘は心を鬼にした。「生身のまま巨大化してしまったら、彼を守ることはできなくなる」

「早田の肉体に変化は見られるか？」

「今のところ、変化は見られません」

「井手君、分析は済んだか？」

「今終わりました。随分奇妙なことになっています」

「説明しろ」

「早田の体内で、モルフォ因子が分解されているのです」

「それは彼の体質のせいなのか？　なんということだ。とんだ出来損ないを掴まされてしまった」

「博士、お言葉ですが、それは逆です。早田は特別に守られているのです。毒素であるモルフォ因子が体内に入るや否や分解して無害に変わっているのです」

「彼は守られているのかもしれないが、そのおかげで人類は危機に陥っているのだ。……今、守られていると言ったのか？」

「はい」

「早田は何に守られているんだ？」

「もちろんウルトラマンでしょう。ウルトラマンは早田を守るために彼の身体に何かを残していったんだ」

「君は早田にはウルトラマンの痕跡はないと言った」

「我々の分析技術では発見できないという意味です。……早田、聞こえているか？　君は巨大化することはない。すぐにアーマーから出るんだ」

「巨大化できなくても僕にできることはあるはずだ」早田が答えた。

「早田、何をする気だ？」

「アーマーは装着者がいなくても動かすことができるんだろ？」

「ああ。関節部のモーターを制御することによって、操縦することは可能だ」

「アーマー内部にも制御室はあるんだったな」

「それは通信状態が悪いなどの原因で遠隔操作ができない時の緊急用だ。内部の制御室で長時間操縦することは想定されていない」

通信機からは梯子《はしご》を上る音が聞こえた。

「確か制御室は頭部だったな」早田が言った。

「巨大アーマーは巨人化した人間が操縦するように設計されている。巨大化していない人間が操縦するのはイレギュラーだ。加速度に耐えられない」

「異次元から飛来した超獣が暴れている現状がイレギュラーだとは思わないか？」

光弘のモニターに制御室の起動を示す表示が現れた。

「制御室を強制停止します」光弘は言った。

「駄目だ」インペイシャントがコマンドを打ち込んだ。

光弘のコンソールは入力不可となった。

「何をするんですか？」

「あいつが行けば、異次元人は満足するかもしれない。犠牲があいつだけで済むなら、それに越したことはないじゃないか」

「早田さん、わたしが到着するまで待って！」明子の悲痛な叫びが聞こえた。

「コンテナの入り口を開けろ」インペイシャントが命じた。

早田の乗り込んだ巨大アーマーがふらふらと現れた。

「早田、警告だ。決して走ったり、跳んだりしてはいけない。生身の人間ではGに耐えきれない」

「究極超獣は名古屋城付近にいる。ここから約八キロの距離だ。人間が歩く様な感覚で進めば、おそらく四分ほどで到着する」インペイシャントが言った。「焦る必要はない」

「了解」

巨大アーマーはばたんばたんと手足を揺らしながら、名古屋城を目指して歩き出した。

Uキラーザウルスは巨大アーマーに気付いたようで、様子を窺い始めた。

巨大アーマーは両手を広げた。

「わたしがウルトラマンだ。望みを叶えたのだから、都市への攻撃を中止してくれ」早田は様々な周波数を使って、Uキラーザウルスに呼び掛けた。

「早田、こちら村松だ。今、ビートルでそちらに向かっている。あと一分以内に到着予定だ。たった今、避難区域を名古屋市から尾張地方全域と北勢地方全域に拡大した。避難完了までもう少し時間が掛かる。できれば、超獣を伊勢湾の方向に誘導して貰えれば助かる」

「こちら、迫水。村松班は極度の人手不足に陥っているようだな。我々が加勢しよう」

「ありがとう。恩に着るよ、迫っち」

「そのあだ名で呼ぶな」

村松の乗る一機と迫水班の三機の合計四機のビートルが名古屋市に到着した。

Uキラーザウルスの動きが止まった。巨大アーマーとビートルの様子を窺っているようだ。

「早田、そのままの調子でやつに近付け。我々はやつの周りを旋回しながら、少しずつ輪を縮めていく」村松が言った。「井手、富士隊員の到着はいつ頃になる？」

「一時間以内には到着すると思います」

「だとすると、我々だけで一戦交えなくてはならない公算が高いな。迫っち、無重力弾は装備しているか？」村松が尋ねる。

「していない。あれは信頼性が低すぎて使い物にならない」迫水が答えた。

「QXガンか、ニードルS80はどうだ？」

「QXガンは装備している。あとマルス133も」

「よし、相手の出方を窺って、もし早田に対して攻撃を始めたら、いっせいに全火力で攻撃する。それでいいか？」

「了解した」

Uキラーザウルスは跳躍すると、ひとっ飛びで巨大アーマーの目の前に着地した。

巨大アーマーは立ち止まった。

「わたしはウルトラマンだ。あなた方と交渉に来た」早田が言った。

Uキラーザウルスは四つの触手を伸ばし、巨大アーマーの物色を始めた。

「どうやら興味は持ってくれたらしい」村松は緊張した声で言った。

Uキラーザウルスの姿にぼんやりと巨大ヤプールの姿が重なった。

「おまえがウルトラマンだと言うのなら変身しろ」

「わたしは変身できない。変身能力を失ったのだ」早田は答えた。

触手の動きが止まった。

「これは空だ」巨大ヤプールが言った。

「わたしがいる。わたしはここだ」早田が言った。

触手は巨大アーマーの頭部を探った。

「おまえは残り滓《かす》だ!!」巨大ヤプールの怒声が響き、それは姿を消した。

Uキラーザウルスは肩と胸の発光体から白熱光を発した。

巨大アーマーの腹部に背中まで貫通する穴が開いた。

「攻撃開始!」村松が叫んだ。

四機のビートルが一斉にUキラーザウルスへの攻撃を開始した。

だが、Uキラーザウルスは全く無反応でダメージはなさそうだった。

「こいつはいったい何なんだ?」村松は言った。

手持ちの無重力弾もすべて撃ち込んだ。すべて不発だったのか、無重力弾に耐性があるのか、どちらとも判断が付かなかった。

Uキラーザウルスは触手を一本ずつ巨大アーマーの四肢に触れた。

早田はアーマーを操り、Uキラーザウルスから逃げようと地面を蹴った。

凄まじい加速度が早田を襲った。呼吸ができなくなり、上半身から血液がなくなるかのような感覚があった。

意識が急激に遠くなった。

だが、早田は完全に意識を失うことはなかった。自分の指の皮を食い破り、意識レベルを保ったのだ。

触手は四肢に絡み付いた。早田は触手に向かってマルス１３３を発射した。

だが、焼き切ることはできなかった。

巨大アーマーの手足に数万トンの力が加わった。

濃尾平野全域に金属の崩壊する音が響き渡った。

巨人アーマーは手足をもぎ取られたのだ。

胴体と頭部はそのまま自然落下を始めた。

このまま地面に激突したら、命はない。

早田はできるだけ、衝撃の少ない体勢をとろうと、懸命にアーマーの肩を振り回した。だが、その努力も空しく、地面に強い衝撃でぶつかるのはほぼ決定事項に思われた。

予想外の方角から、衝撃が伝わった。触手が素早く動き、アーマーの頭部を切り飛ばす形になった。

早田は制御室の中でぐるぐると回転をしながら落下する。

しかし、その落下を止めるものがあった。触手がアーマーの頭部をしっかりと摑んでいる。

「キャップ、これはまずいですよ」嵐が言った。「下手に攻撃すると、早田が危険です」

「しばらく様子を見よう」迫水が言った。「もし究極超獣の目的が早田君だとしたら、アーマーの頭部を一度地面に置いてから、彼を取り出そうとするはずだ。その瞬間を狙おう」

「了解した」村松が応えた。

だが、Uキラーザウルスはアーマーの頭部を置こうとはしなかった。そのまま空中で握り潰すように破壊し、破片の中から別の触手を使って、早田を取り上げた。

「早田は無事のようです」名古屋空港からモニターしていた光弘が報告した。「画像から呼吸や脈拍が確認できています。ただし、意識はないようです」

「すぐに殺す気はないらしいな。しかし、これでは手が出せない」

村松班と迫水班が手をこまねいている間に、明子を乗せた小型ビートルが到着した。

「時間が惜しいので、わたしはこのまま機体から脱出します。小型ビートルは自動操縦にして空港に着陸させます」

「富士君、早まるな。まずは戦略を練ってからの方がいい」

光弘が言い終わる前に、明子はビートルからパラシュートも付けずに飛び出していた。

落下しながら、胸のペンダントのボタンを押す。

全身が輝き、大量の空気を巻き込みながら、巨大な実体が瞬時にして形成された。

ウルトラマンFは落下の途中で、進路を変え、身体を垂直に立て、大地に着陸した。

どん、という轟音と共に大量の土砂が巻き上がる。

「ウルトラマン!!」ヤプールの幻影が出現し、Fを睨み付けた。

「その人はもうウルトラマンではない。すぐに解放しろ。わたしが相手になる」

「なるほど。この男が大事なのだな」Uキラーザウルスは触手で早田を自らの額に運んだ。

早田の肉体はUキラーザウルスの額の肉塊の中にめり込み、顔と胸だけが辛うじて露出していた。

Fは∪キラーザウルス目掛けて飛び立った。

Uキラーザウルスはとげをミサイルとして発射すると同時に、白熱光をFに照射した。

Fは白熱光をバリヤーで防いだ。そして、光輪を発射する構えをとった。

「投げてみろ、ウルトラマン」巨大ヤプールの声が響いた。「おまえの放った武器はすべてこの男を傷付けることになる。どんなに注意深く攻撃したとしても、我々は必ずこの男に命中させる」

Fは∪キラーザウルスに走り寄った。

触手がいっせいにFを襲った。

Fは光輪を放ち、触手を切断しようとした。

触手は一瞬でUキラーザウルスの額付近に集束した。

「ダッ!」Fは光輪を消滅させた。

――光線を使うと、早田さんを傷付けてしまう可能性が高い。だからと言って、肉弾戦だけでは、究極超獣を倒すことはできない。

「その場でじっとしていろ。おまえがじっと我々の攻撃を受けていれば、その間はこの男を殺さないでおいてやる」

――わたしがやられてしまえば、早田さんも殺されてしまうだろう。

カラータイマーが点滅を始めた。

――光線は正確な遠隔制御が難しい。肉体の力だけでは、超獣の攻撃を避けきれない。それなら自分自身が光線になればいい。

Ｆは胸の前で両手を重ねた後、ゆっくりと左右に開いた。Ｆの全身が虹色に輝き、煌《きらめ》き始めたと思うと、突然縮小した。そして、Ｆ自身が光線となり、Ｕキラーザウルスの額を突き破り、そのまま体内を駆け抜け、背中から飛び出し、村松のビートルに命中した。

村松は反射的に瞑《つむ》ってしまった目をゆっくりと開いた。

そこには微笑む明子とぐったりと床に倒れ込んだ早田がいた。

「何があったんだ？　光線が究極超獣を貫いたように見えたが……」

「あれは光線ではなく、わたしだったんです。早田さんをそのまま摑んで、体内を貫通して、ここに連れてきました」

村松はＵキラーザウルスの方を見た。

それはぴくりとも動かなかった。細かな罅割れが全身を覆っている。

ビートル群は一斉に攻撃を始めた。

Ｕキラーザウルスは粉砕された。

空に発生した亀裂は自動的に修復されているかのように、急速に縮んでいった。

ばらばらになったＵキラーザウルスの破片は意思を持っているようだった。それらの一つ一つは人型の奇妙な姿になっていた。巨大ヤプールにもＵキラーザウルスにも似ていない。体色は青を基調とし、奇妙な黄色い幾何学模様が描かれており、頭部も奇妙に尖っていた。

「嵐、マルス１３３で、すべて焼き尽くすんだ」村松は命じた。

「無駄です。彼らを殺すことはできません」明子は言った。

「しかし、今さっき君は究極超獣を倒したじゃないか」

「彼らは統合し続ける力を失っただけです。力を回復するまで、異次元人たちはあの姿のままです。しかし、彼らを滅亡させることはできません。なぜなら、闇の巨人がウルトラマンの影であるように、異次元人たちは地球人の影なのですから」

異次元人たちは吸い込まれるように、消えゆく亀裂にのみ込まれていった。

そして、最後の異次元人が飛び込んだ後、亀裂は静かに消え去った。

第5章　宇宙恐竜

　ヤプールとの戦いで得たデータの分析に忙しい日々が続いていたある日、光弘は突然インペイシャントに呼び出された。

「君が開発しているものの価値がよくわからない」インペイシャントは自らの執務室で光弘に言った。「開発を続けたいのなら、その必要性をわたしに納得させろ」

　光弘は驚いて、ぱちくりと瞬きした。「バルンガイージスのことですか？」

「確かそういう名前だったな」

「これは絶対に必要です。バルンガ構造体の有用性は、闇の巨人との戦いで証明されたはずでしょう。これは敵の攻撃をすべて吸収することが可能なのです」

「その技術はすでにウルトラアーマーFに導入済みのはずだが？」

「はい。アーマーFの外殻にこの技術を使いました」

「だったら、さらに防具を作る必要はあるまい」

「アーマーFがウルトラマンFに変異したとき、なぜかバルンガ構造体は機能しなくなってしまったんです。だから、別途戦闘時に使用する防具が必要なのです」

「ウルトラマンFがその能力を失ったのは、必要ないからじゃないのか？」

「そうとは言いきれません。アーマーFからウルトラマンFへの変異は一種の応急処置的なもので、本来必要な能力が抜け落ちてしまっている可能性もあるんです」

「ウルトラマンFの能力は充分だと思うがね。初代ウルトラマンの能力を超えている可能性もある」

「それは直接比較してみないと何とも言えませんが」

「そもそもこの防具は三〇メートルもある。巨大過ぎて、富士隊員が持ち運びすることはできない」

「はい。その都度輸送機で運ぶことになります」

「ウルトラマンFの変身時間はたった三分間なんだぞ。間に合わないだろう」

「それについては、現在検討中でして……」

「まあ、イージスについては、正式に申請している研究だからいいとして、もう一つの研究はどう説明するつもりだ？」

「なんのことでしょうか？」

「君はこの国連施設にビースト細胞を無断で持ち込んだ」

「ああ。あれはちゃんと許可をとるつもりでした。急いでいたため、順番が後先になったことは謝ります」

「ビースト細胞で急ぎの実験を行っていると言うのか？　いったい何のために？」

「F計画にとって重要な実験なのです。すでに予備実験は済んでいるので、後は実戦で確認するだけです」

「君を解任する」

「すでにプログラムは済ましてあるので……今、何とおっしゃいました？」

「そもそも君はこのプロジェクトに不要だった。さらに、大変な規則違反をしでかしている。ここに置いておく訳にはいかない」

「しかし、まだ開発途上です」

「君の研究結果については、すべて我々に権利がある。実験はちゃんと引き継がせて貰う。ただし、イージスに実用性はないし、ビースト細胞の方は規則に違反しているので、中止せざるをえないだろう」

「そんな……」

「即刻、荷物を纏《まと》めて出ていきたまえ。当面は科特隊で使って貰えるだろうが、次の人事異動でつまらない職場に移ることになるだろう」

「科特隊の人事に対して、あなたに権限は……」

「ところがあるのだよ。わたしはF計画の全権を握っている。もしわたしが科特隊の怪獣退治に協力しないと言ったら、どうなると思う？」

「脅しですか？　僕は屈しませんよ」

「好きにしたまえ」

光弘は回れ右をすると、インペイシャントの部屋から出ていった。

◇

「井手、ご苦労だったな」村松は光弘に労いの言葉を掛けた。

「僕は解任されたんです、キャップ」

「そうらしいな。君が科特隊から持っていった兵器のサンプルはすべて引き上げるように手配しておいたよ。インペイシャントは渋ったが、兵器は我々の資産だからな。もっとも彼らはすでにデータを取っているだろうから、複製は簡単だろうが」

「僕は悔しいです」

「おい。泣いてるのか？」

「あそこで富士隊員を守るつもりだったのに」

「彼女はほうっておいても大丈夫だと思うぞ。それより、問題は早田の方だ」

「そうだ。早田の容態はどうですか？　科特隊附属病院に入院したそうですが」

「おそらく命には別状ないようだが、依然昏睡状態が続いている」

「昏睡しているのに、命に別状ないんですか？」

「これと言って、昏睡の原因となるようなものはないらしい。完全に健康体だそうだ。巨人化血清の痕跡すら完全に消えてしまっているとのことだ」

「どうも気になりますね。やはりウルトラマンが残した何かが彼を守っているんでしょうか」

「早田のことはまた後で相談しよう」村松は話題を変えた。「帰ってきて早速だが、君と嵐に任務がある」

「何でしょうか？」

「君にとっては嫌な任務かもしれないが、インペイシャントのお供だ」

「我々にお供しろとはずうずうしいやつだな」嵐が言った。

「いや。向こうはむしろ嫌がっているそうだ。我々の方が無理についていこうとしているんだ」村松が面白そうに言った。

「いったいどこについていくんですか？」

「ブルトン細胞が保管されている実験場だ。そこで奇妙な子供たちが怪獣のクローンをおもちゃにしていたらしい。漸《ようや》くあの国の政府から国連に調査の許可が下りたんだ。とは言っても、あくまで非公式だが」

「どうして、ついていくんですか？　勝手に行かせておけばいいのに」嵐が言った。

「あれほどの侵略者たちを呼び寄せた施設だ。何があってもおかしくない。護衛は絶対必要だろう」

「あいつの護衛とは気が重い」

「というのは表向きの理由だ」

「じゃあ、本当の理由は？」

「あいつを監視するためだ。インペイシャントは怪獣兵器実験場の調査を急いでいる。何度却下されても、すぐさま申請を繰り返している。きっと彼は何かを摑んでいるんだ」

「彼の行動を見張って、何か変なことをしたら取り押さえればいいんですね」

「それはやり過ぎだ。もし不審な行動があったら、わたしに連絡しろ」

◇

秘密実験場は人里離れた砂漠の真ん中か絶海の孤島にでもあるのかと思っていたが、内陸部の地方都市のスラム街の地下に広がっているとのことだった。確かに、こういうところに作れば、逆に目立たないかもしれない。ただし、何か事故があった場合はどれだけの犠牲者が出るのか想像もつかない。

入り口は半ば崩壊した学校らしき建物の中にあった。廃墟の中で一つだけやけに立派な金属製の扉だ。

「こんなにすぐ君に会えるとは思わなかったので、とても嬉しいよ、井手君」インペイシャントは扉の前で皮肉交じりに言った。

「僕の方もですよ、博士」

「内部の調査はわたしが行う。君たちは外で待っていてくれ」

「いいえ。それでは護衛になりませんから」

「護衛は不要だ」

「そんな訳にはいきません。博士はF計画になくてはならない方ですから」

「ふん。内心では、自分の方がF計画のリーダーに相応《ふさわ》しいと考えていることはわかってるぞ」

扉が開いた。

中にはこの国の兵士たちがいて、インペイシャントに敬礼した。

「護衛なら彼らがやってくれるだろう」インペイシャントは言った。

「逆ですよ。彼らはあなたから研究施設を守るために、存在してるんです」

インペイシャントはつかつかと実験場内に入り込んだ。

廊下は薄暗く、ところどころ漏水しており、黴《かび》くさい臭いが充満していた。

およそ最先端技術の開発場所とは思えなかったが、インペイシャントは特に感慨はないらしい。

「ブルトンの部屋はどこだ?」インペイシャントは兵士に尋ねた。

「ブルトン細胞は最高機密に相当しますので、ご案内できません」

「わたしは許可を得ている。上司に確認しろ」

「わかりました。次の定期報告のときに確認いたしますので、少しお待ちください」

「今すぐに連絡しろ!!」インペイシャントは兵士の胸倉に摑みかかりそうな勢いだった。

「わたしをこれ以上苛立たせるとおまえは一生後悔することになるぞ!!」

兵士は通信機のスイッチを入れ、一言二言相手と話をした。

「許可を確認しました。今からご案内いたします」

部屋に着き、ドアを開けると、中央部に脈動する不気味な肉塊があった。ブルトンの外殻に似ているところもあったが、不定形であり、様々な管やコードが刺さっており、肉塊を何重にも取り囲むスーパーコンピュータに繫がれていた。

「素晴らしい」インペイシャントは部屋の隅にコンソールを見付け出し、かちゃかちゃと操作を始めた。

「井手、どうしてあいつ初めて触るはずのコンピュータを使いこなしてるんだ？　個人のパソコンだって、こんなに簡単に使えるようにはならないだろ」

「やっぱり怪しいな。ここのシステムのことを前から知ってたってことだ」光弘は言った。

「君は博士が何かを持ち出したりしないかを近くで見張っていてくれ。僕は万が一博士が何かを持って逃げ出したときのために、入り口のところで待機しておく」

ブルトンの細胞群塊が振動を始め、奇妙な音を立て始めた。

「博士、何をしているんですか？」嵐が近付いた。

インペイシャントが右手をを伸ばすと、どこからともなく奇妙な銃が現れ、彼の手に収まった。そして、振り向きもせずに、嵐に向けて発砲した。

嵐はその場に蹲《うずくま》った。

十人程の兵士たちが一斉に銃を構える。

インペイシャントは一瞬だけ、振り向き、掃射した。

ぱらぱらと兵士たちは倒れた。

兵士たちの背後にいた光弘は偶然か意図的かはわからないが、無傷だった。

「博士、何をするんですか？」光弘は唇を舐めた。

他国の領土内であるため、嵐も光弘も武器は携行していなかった。

「邪魔者を消したんだよ。ああ。君が生きているのは、単にわたしの気紛れだ。君のことが嫌いだから、悔しがらせてやろうと思ってね」

「あなたは何者なんですか？」

インペイシャントは再び振り向いた。その頭部はまるでケムール人のように細長くなり、頭頂部には管があった。そして、目は一つしかなく、指先はまるでケロニアのようだった。

「変身怪人ゼットン星人！」光弘は息を呑んだ。

「ああ。地球人は『ゼットン星人』というコードネームを付けたんだった。当初はコードネームすらなかったが、ゼットンを操ったということで、こんな安直な名前になった訳だ。まあどんな名前を付けられてもわたしは気にしないが」ゼットン星人は再び、背中を向け、装置の操作を始めた。

光弘が武器を持っていないことを知っているようだ。

「いつから博士と入れ替わっていたんだ？」

「結構前だ。たぶん君は本物のインペイシャントに一度も会ってないんじゃないかな」

「どうして、この装置のシステムを知ってるんだ？」

「わたしが手伝ったからだ。ここを作った餓鬼どもは自分たちだけでやったと思ってるだろうが、わたしが密かにネットワークから侵入して気付かれないように手伝ってやってたんだよ。ところが、大事なところで、餓鬼どもはこの装置をネットワークから切り離して、スタンドアローンにしてしまった。おかげで、相当手子摺《てこず》ってしまったよ」

「おまえはその装置を使って、何をこの世界に呼び込もうとしているんだ？」

「そうだな。完全生命体とでも呼んでおこうか」

「どうして我々のF計画を手伝ったんだ？」

「おまえたちを信用させるためだ」

「自分の首を絞めることになるのに？」

「言っておくが、ウルトラマンFなど何の障害にもならんのだよ」

「そうかな。僕の研究が完成すれば……」

「ああ。ビースト細胞を使った研究のことか。言ってなかったな。君の研究室にあったサンプルもデータもすべて廃棄した。跡形もないよ」

装置から警報音が聞こえた。

「ヤプールがでかい穴を開けてくれて、手間が省けたよ。作業は終了だ。すでに対象はこの世界に到達した」ゼットン星人は銃を入り口の方に向けた。

だが、そこに光弘はいなかった。

ゼットン星人は入り口の傍を捜した。

光弘はすでに部屋の中に入っていた。会話の間に少しずつ移動して、倒れている兵士たちの間に身を隠していたのだ。

光弘は音もなく立ち上がると、ゼットン星人の右腕を蹴り上げた。

銃が宙を飛んだ。

「来い、ゼットン星人。僕が相手だ」光弘は格闘の構えをとった。

「地球人など武器がなくても一捻りにしてやる」ゼットン星人は残像が残る程の速度で光弘に突進した。

だが、光弘は正確にゼットン星人の目を狙って回し蹴りを命中させた。

ゼットン星人は怯まずに、高速でパンチを繰り出してくる。

光弘はそのすべてを着実に腕で受け止め、ガードした。

ゼットン星人の攻撃は地球人よりも遥かに素早く、衝撃も重かった。

だが、光弘は科特隊で格闘術を身に付けていた。

相手と同じパワー、同じスピードを出す必要はないのだ。相手の動きを正確に見切ることさえできれば、身体を速く動かす必要はない。最小限の動きで、敵の攻撃を封ずることができる。また、敵を上回る力も必要ない。まともにぶつからず、相手の力を僅かに逸《そ》らせるだけでいいのだ。

ゼットン星人の全力の攻撃はすべて光弘が軽く防御するだけで避けられた。つまり、ゼットン星人は無駄に全力で空振りしているも同然だった。

ゼットン星人に苛立ちと疲れが垣間見えた。

光弘は相手の身体を駆け上がり、頭部を蹴った。

バランスが崩れた状態での蹴りだったため、人間でいうと脊椎に相当する部分に強烈なダメージを受け、ゼットン星人はよろめいた。

その瞬間、光弘はさらに強力な蹴りを頸部に喰らわせた。

ゼットン星人は床に倒れ込んだ。

「なんてことをしてくれたんだ。わたしは死ぬ。まもなく、やつがおまえたちを滅ぼすというのに、それを見ることができないとは」

「さあ。教えろ」光弘はゼットン星人に詰問した。「おまえは他の宇宙からどんな切り札を呼び寄せたんだ？」

「切り札だと？　違うよ。今呼び寄せたのはあれに与える栄養たっぷりの餌に過ぎない」ゼットン星人は笑った。そして、笑いはいつの間にか「ゼットーン、ゼットーン」という叫び声に変わり、叫んでいる最中に組織が溶解を始め、数秒後には汚らしい液体だけが床の上に残った。

「嵐、大丈夫か？」光弘は嵐に駆け寄った。

「痛てててて」嵐は起き上がろうとしてもがいていた。「ゼットン星人の野郎、俺を見縊《みくび》ってやがったから、ちゃんと狙ってなかったみたいだな。腿をやられただけだ」

「確かに雑な攻撃だな。兵士たちだって、即死している者もいるが、怪我のショックで動けなくなっただけの者もいる。単に、短い時間だけ、こちらの動きを封じられればよかったんだろう」光弘は通信機で科特隊の日本支部を呼び出した。「キャップ、こちら井手です。インペイシャント博士の正体はゼットン星人でした。本物のインペイシャント博士の行方は不明です。そもそもインペイシャント博士が存在したのかどうかも不明です。それから、嵐隊員が負傷しましたが、命には別状ありません。ところで、ゼットン星人はなんらかの物体を異世界から呼び寄せたようですが、何か連絡はありませんか？」

「ほんの数分前に京都に奇妙な物体が現れた」

「おそらくそれですね。どんな怪獣ですか？」

「それが怪獣なのかどうかすら、はっきりしないんだ。今のところ、単なる白い塊に過ぎない」

「二次元怪獣ガヴァドンみたいな感じですか？」

「それより、さらに無害な印象だ。単なる巨大なマシュマロと言えばいいかもしれない。すでに科特隊の迫水班による攻撃が行われている」

「無害な印象なのに、攻撃しているんですか？」

「この御時勢だ。怪しげなものを放置しておくリスクは冒せない」

「とにかく、嵐隊員の応急処置を済まして、すぐに日本に戻ります」

◇

それは最初、鴨川の河川敷に現れた直径四メートル程の白い半球状の物体に過ぎなかった。

迫水は迷っていた。

正体不明の物体が現れたなら、まずは付近を封鎖し、慎重に分析してから危険性を推定すべきに決まっている。しかし、今は平時ではないのだ。

平時ではないと言っても、具体的にどこかの国と戦争をしている訳ではない。日本は普段から怪獣の出現率が異様に高いが、ここ数か月は特に立て続けに別の宇宙からの侵略を受けている。単に別の惑星ではなく、別の宇宙だというのは驚きだ。ここ数年頻繁に地球を訪れる異星人に対する策として、深宇宙警備計画が立案され、近く迫水自身も海王星軌道の外側の警備に向かう予定になっていたが、ひょっとすると今までの侵略者も単に太陽系外という だけではなく、この宇宙の外からやってきた可能性もある。もしそうだとしたら、警備計画自体の見直しすら必要になるだろう。

最近の別の宇宙からの侵略の発端はどうやらブルトン細胞を使った実験にあるらしい。今しがたも、科特隊のパリ本部からパターン・ブルトンが観測されたとの報告があったばかりだ。ブルトン細胞の活性化の直後に出現したとなると、これもまた別の宇宙からの侵略の一部である可能性が高い。

しかもここは京都の繁華街のど真ん中だ。これが怪獣の卵だったりしたら、放置することで大変な被害を起こしかねない。

考えた挙句、迫水はこの物体を回収して、科特隊日本支部で分析することをパリ本部に提案した。

パリ本部の結論は却下だった。今まで科特隊本部内に怪獣もしくはその一部を持ち込んだ場合、たいてい取り返しのつかない大惨事に発展している。怪獣を保管できる安全な場所などない。今すぐ焼却処分しろという指示があった。

なんでもかんでも敵だと判断して攻撃するというのは迫水の主義に反することだった。しかし、上層部の命令に背くことはできない。幸い、ここは河原だ。ナパーム弾による焼却処理が最も安全で効果が大きそうだった。

迫水班はビートルに乗り込み、数百メートルの上空から白い物体にナパーム弾を投下し、いっきに焼却しようとしたのだった。

白い塊は瞬時に燃やし尽くされたかに見えた。

だが、灰塵の中から突然白い塊が姿を現した。先ほどとは違い筒状の器官を全身に備えている直径三〇メートル程の怪獣となった。そして、その筒からは炎が噴き出し、周辺の建物を無差別に焼き焦がしていく。

ナパーム弾の直撃を受けてなお生きているのは脅威だったが、なにしろ怪獣なので何でもありだ。

迫水はビートルから怪獣に向かってミサイル攻撃を開始した。

火炎を放射する筒は次々と破壊され、今度こそ完全に破壊できたかに見えた。

だが、次の瞬間、迫水は驚愕した。

怪獣の表皮にミサイル発射装置が出現し、ビートル目掛けて発射してきたのだ。

火炎放射能力を持つ怪獣は数多く存在する。だが、ミサイル発射能力を最初から備えている生物が存在するとは考えにくい。地球上の生命の常識には反するが、受けた攻撃から後天的に獲得したと考えるのが自然だ。

「怪獣の能力が判明した」迫水は科特隊日本支部およびパリ本部に連絡した。「やつは自らになされた攻撃を肉体組織を使って完全にコピーする。炎で攻撃されれば火炎放射の能力を持ち、ミサイルで攻撃されればミサイル発射能力を持つ」

パリ本部から短い指示が送られてきた。

「敵の模倣能力を超える攻撃を行うべし。データ分析により、マルス133での攻撃で殲滅できるとの確証を得た」

マルス133は理論的にはスペシウム光線と同等の武器だ。これをコピーできるなら、ウルトラマンと同等の存在になるということだ。もしこの怪獣がそんな存在だとしたら、そもそも倒すことすらできないだろう。

そうこうしている間にも、京都は火炎とミサイルで破壊されていく。マルス133で攻撃する以外に選択肢はなさそうだった。

怪獣は近付くビートルに対し、火炎放射とミサイルで攻撃をしてきたが、火炎放射は届かなかったし、ミサイルはなんとか避けきることができた。

一抹の不安を覚えながらも、迫水は本部からの指示通り、部下に対し、マルス133での攻撃を命じた。

マルス133の威力は凄まじかった。ミサイルを含む怪獣の肉体は一瞬のうちに粉砕されてしまった。個体成分も僅かに粉末として残ってはいたが、大部分はプラズマ化して、輝きながら大気中に拡散しつつあった。

迫水はこの怪獣特有のパターンがだんだんと消滅していくのをビートル内のモニターで観察した。考えてみれば、この怪獣も悪意はなかったのかもしれない。ゼットン星人に無理やり見覚えのない惑星に送り込まれ、そこで戦争の道具にされた挙句に殺されたのだったとしたら、あまりに惨めだ。

迫水は目を瞑り、心の中で手を合わせた。

目を開けたときに違和感を覚えた。

怪獣のパターンが僅かながら残っている。

すでにプラズマも殆ど残っていない状態でパターンが検出されることは考え辛い。

迫水はセンサの接触不良を疑い、観測装置を指先で軽く叩いた。

数値がぽんと跳ね上がった。

やはり、接触不良か。

だが、数値はさらに上昇を続ける。

何かのノイズを拾っているのか？　それとも、残響のような現象が起きているのか？

だが、原因はどちらでもないことが迫水の目にも明らかになった。

拡散したはずのプラズマが再凝縮し、目の前に怪獣が出現しつつあった。

その姿は先ほどまでとは全く違うものだった。身長五〇メートルを超える無数の突起物を持った二足歩行のその怪獣はビートルを確認すると、その剣のような両手を十字に組み合わせた。

「逃げろ！」迫水は反射的に叫んだ。

急展開するビートルをスペシウム光線様の高熱破壊光線が掠めていった。

怪獣はビートルにはさほど興味を示さず、市街地に向けて破壊光線を発射し続けた。

◇

「変身怪獣ザラガスと似たタイプの怪獣ですね」光弘は冷静に分析した。「ザラガスは攻撃を受けると、その攻撃に耐えるように急速に進化して自身の攻撃力も増すという特性を持っていましたが、この怪獣は単純に受けた攻撃と同じ攻撃ができるように進化するのでしょう。

ゼットン星人は『完全生命体』と呼んでいました。仮称もこれでいいでしょう」

「単純なだけにやっかいだ。どう対処すればいいだろう？」村松は尋ねた。

「結果論になりますが、出現したときに、特に何もせずに放置しておくべきでしたね。ここまで拗《こじ》らせてしまうと、対処は相当に困難です」

「ザラガスと似たタイプなら、同じ方法で倒せないか？」

「そうですね」光弘は考えた。「修復速度を上回るスピードで肉体を破壊できれば、理論上は殲滅することは可能でしょう」

「それなら、そう難しくはなさそうじゃないか」太腿の手当てが終わった嵐が言った。

「いや。すでにマルス133の洗礼を受けているんだ。スペシウム光線に耐える怪獣の肉体を一瞬で破壊し尽くすのは至難の業だ。もし失敗したら、それこそ取り返しがつかない。これも結果論になるが、徐々に攻撃兵器を強くしていったのもまずかった。いきなり、ニードルS80か無重力弾で攻撃すれば、進化の余裕はなかったかもしれないが」

「今更そんなことを言われてもどうしようもない」村松は言った。「じゃあ、どうすればいいんだ？」

「とりあえず放置して様子を見るべきですね。攻撃しなければエネルギーの供給を断たれるので、動かなくなる可能性が高いですね。そのうちバルンガのように新しいエネルギー源を求めて、地球を去っていってくれるかもしれません」光弘は答えた。

「向こうの気紛れに頼るのは心許ない。ウルトラマンFの力で宇宙空間に追放してもらうのはどうだろう?」

「持ち上げられる間大人しくしてくれたらなんとかなるかもしれませんが、マルス133の攻撃を受け続けていたら、ウルトラマンFも耐え切れないでしょう。いずれにしても、今攻撃を仕掛けるのは無謀です。もっと観察を続けるべきだと思います」


完全生命体イフは市街地の破壊が一段落すると、光弘の予想通りエネルギーが不足したためか眠りについた。

周囲三キロの範囲を立ち入り禁止にし、数百か所に地上観測機器を配置するとともに、ドローンを活用して観察を続けた。


観察の結果、イフの体内にはまだかなりのエネルギーが残っていることが判明した。

「エネルギーを温存したまま活動を休止することは生命の原則として、当然のことです」光弘は解析結果にコメントした。「やはり、有効な方法が見付かるまでこのまま放置が正解でしょう」

「放置していれば、大人しくするような怪獣をゼットン星人が送り込んでくるとは考えにくいんだが」村松は疑問を呈した。

「それに関しては、僕も気になっていることがあるんですよ。ゼットン星人は異世界から呼び寄せたのは切り札ではなく、ただの栄養源となる餌だと言ったんです」

「あれが餌だとすると、何を釣るんだ?」

「いや。釣りではなくて、本当の切り札を育てるための餌にするということでしょう」

「完全生命体、活動を再開しました」インペイシャントの失踪によりＦ計画がとん挫してしまったおかげで、科特隊に復帰できた明子が言った。「南に向かって移動しています」

「どこに向かっている？　伏見区か？」村松が尋ねた。

「まだ、不明です。しかし、完全生命体の移動方向に別の怪獣反応です。伏見区、宇治市、久御山町《くみやまちょう》に跨る田園地帯です」

光弘はコンソールに飛び付き、分析を始めた。「パターン・ゼットンに酷似しています」

「ゼットンか。ゼットン星人の切り札としてはむしろ当然と言えるかもしれんが」村松は腕組みをした。

「この二体が出会うのはまずいですよ」光弘は深刻な顔をしていった。「もし完全生命体がゼットンの火球を受けてそれをコピーしたら、絶望的な状況です」

「しかし、完全生命体がゼットンを殺してくれる可能性はあるんじゃないか？」

「もし殺したとしても、完全生命体はゼットンよりもさらに厄介な存在になりますよ」

それは以前現れたゼットンとはかなり違った存在だった。顔の部分や発光部の形状には共通点が多かったが、以前のゼットンが直立二足歩行だったのに対し、身体は体長三〇〇メートルにも達する巨大な昆虫の姿になっていた。それがさらに巨大な半透明のゼリー状の物体に包まれ、全長は五〇〇メートルにも達していた。

ゼットンは近付いてくるイフに暗黒火球を発射した。

イフは全く耐えることができず、瞬時に粉砕された。そして、すぐに再生を開始する。その身体に発光体が形成されていく。

イフの再生が終了する直前に、ゼットンは再び暗黒火球を発射した。

またもやイフは粉砕される。

すぐに再生が始まる。

ゼットンはイフを粉砕した。

このような粉砕と再生が何度も繰り返された。

「あのでかいゼットンのような怪獣はまるで完全生命体の再生時間を知っているかのようだ」光弘は呟いた。「絶好のタイミングで完全生命体の再生を阻止して振り出しに戻し続けている」

「完全生命体の再生速度が遅くなっていないか？」村松が尋ねた。

「速度だけではなく、精度も劣化しているようです。完全生命体が再生を完了するまでには数秒間の時間が必要です。しかし、再生を完了するよりも早くゼットン様の怪獣が無防備な状態を攻撃して、再生途上の形態を粉砕することが何度も繰り返し続いているため、完全生命体の再生機能が疲労状態に陥っているのかもしれません。圧倒的な火力があってこその戦略です」

粉砕された後、再生を開始するまでの間、イフはしばらく光り輝く粒子の形で漂うようになった。

　ゼットンはゼリー状の繭の中から触手を伸ばし、粒子をかき集めると、体内に吸収した。

「ゼットン級の怪獣が二体できる危険は回避されたようだな」嵐が言った。

「いや。そんなに楽観的にはしていられないと思う。そもそも、完全生命体があのゼットンのような巨大怪獣の餌として送り込まれたのだとしたら、これはゼットン星人の思惑通りだということになる。おそらく完全生命体が取り込んだ武器の情報を利用してより強力な存在になろうとしているのだろう」

「『ゼットンのような巨大怪獣』というのは言いにくいので、仮称は『宇宙恐竜』としよう」村松が言った。「完全生命体を吸収したと言っても、宇宙恐竜なら勝てないという程のこともないだろう」

「あれは以前のゼットンとは比較になりません。完全生命体を吸収したのなら、なおさらです」

「繭が割れて、宇宙恐竜が外に出たようです」明子が言った。「わたしを京都に行かせてください」

「危険過ぎる。以前のゼットンはウルトラマンを倒したんだぞ」

「ウルトラマンＦはゼットンを倒した無重力弾さえも取り込んでいるわ」

「装備の無重力弾はすべて不発弾であった可能性も残っている。それに、あいつを無重力弾で倒せるという保証もない」

「じゃあ、このままあの宇宙恐竜を放置しておくというの？」

「それは……」光弘は唇を嚙み締めた。

本来、やつを倒すのは兵器開発担当の僕の仕事だったはずだ。僕が宇宙恐竜を倒せるだけの武器を開発していたら、富士君にこんな危険な真似をさせることはなかったんだ。

「キャップ、京都に行く許可をお願いします」明子は村松に頭を下げた。

村松は目を瞑り、一〇秒ほど考え込んだ。

「よし。全員で京都に向かう。しかし、変身するかどうか、および変身のタイミングは状況を判断して俺が行う。それが不服なら、この基地に残って貰う」

「わかりました。現場では、キャップの判断に従います」

「よし、出撃だ」

◇

出現現場に着くと、一同はゼットンの巨大さに圧倒された。

「身長六〇メートルのメフィラス星人やテレスドンも随分巨大に感じたものだが、こいつはさすがに桁違いだ」光弘は独り言のように言った。

「あいつを攻撃しても大丈夫だろうか？」村松は言った。

「大丈夫かどうかと訊かれれば、おそらく大丈夫ではありません」光弘は答えた。「しかし、攻撃しなくても大丈夫ではないでしょう」

「では、質問を変える。どう対処するのが正しいだろう」

「手持ちの一番強力な武器で攻撃するしかないでしょう」

「無重力弾か？」

「不発の可能性が高いので、QXガンとニードルS80も併用すべきでしょう。とにかく、火力を集中して短時間で倒すのが先決です。できれば、迫水班にも加わって欲しいところですが」

「迫水班は完全生命体と戦ったときの被害が回復できていないそうだ。今のところ、迫水班が飛ばせるビートルは一機もない」

「では、わたしが変身するわ」

「まだ駄目だ」光弘が言った。

「どうして？　ウルトラマンFがいた方が火力は強力になるわ」

「君は最後の希望だからだ、ウルトラマンF」光弘は言った。

「最後の希望？」

「君は三分しか戦えない。回復には数十時間必要だ。宇宙恐竜に余力が充分に残っている状態で君が戦って倒せなかったら、その後が続かない。君は我々ができることをすべてやり尽くした後で変身すべきだ」

「その通りだ」村松が言った。「君の変身のタイミングは俺が決める。そういう約束だったな」

「わかりました」明子は応えた。

ビートルは急降下しつつゼットンに近付いた。

「QXガンおよびニードルS80発射準備」村松は言った。

「準備完了」

「無重力弾をスーパーガンに装填」

「装填完了」

ゼットーン！

ゼットンがビートルの方を見て咆哮した。どうやら、気付いたらしい。

「合図で一斉に攻撃しろ。今だ!!」

攻撃を受け、ゼットンの動きは一瞬止まったが、すぐさま暗黒火球を撃ち込んできた。

ビートルは火球を避けながら、攻撃を続けた。

重力波センサが強く反応した。

「しめた！　今の無重力弾は有効だ！」光弘は歓声を上げた。

ゼットンはゆっくりと持ち上がり始めた。

一〇センチ……五〇センチ……一メートル。

「よし。全速力で退避だ。爆発に巻き込まれたら大変だ」村松が言った。

ビートルはゼットンから全速で遠ざかった。

「しかし、やけにゆっくり上昇するもんだな」嵐が首を捻った。

「あの図体だ。無重力の効きも遅いんだろう」

ゼットンは爆発し、京都盆地は閃光に包まれた。後には黒い茸雲《きのこぐも》が立ち上っている。

「思ったより小さい爆発だったな」村松が言った。「被害はどんなものだ?」

「周辺は農地が多いため、作物以外には壊滅的な被害はなかった模様です。ただし、付近の高速道路の一部が破損したようですが」光弘は晴れやかな表情で応えた。

「よし。状況を確認する。爆心地に接近しろ」

「意外と呆気なかったな。まあ案ずるより産むが易しというやつかな」嵐が笑顔で言った。

「待って」明子が眉を顰《ひそ》めた。「まだいるわ」

「まさか」光弘がモニタを指差した。「こうして、パターン・ゼットンだって、もう……」

怪獣のパターン・ゼットンの数値が急激に上昇を始めた。

「キャップ!　やつは生きています!!」光弘は叫んだ。

ビートルは金切り声を上げながら、急上昇を開始した。

「上昇しろ!!」

ゼットーン!　ゼットーン!

茸雲の中から不気味な咆哮と共に、奇怪な姿が現れた。身長は七〇メートル。姿はゼットンに似ていたが、腕の先は剣のように尖っており、翼や尻尾のようなものが確認できた。

「さっきのは幼虫だったんだ。そして、こいつが成虫だ」光弘は言った。

「旋回してもう一度攻撃しろ！」村松が命じた。

だが、旋回する余裕はなかった。

宇宙恐竜ハイパーゼットンは翼を広げ、飛び立ったかと思うと、ビートルを遥かに超える速度で上昇し、ビートルの前方を遮った。

「攻撃開始!!」

ビートルの放った様々な武器はすべてハイパーゼットンに吸収されてしまった。そして、次の瞬間、ゼットンの腕から強烈なビームが発射され、ビートルを貫いた。

乗組員全員が激しい衝撃を受けた。

「これが宇宙恐竜の完全体か」光弘は歯軋《はぎし》りをした。

「被害報告をしろ！」村松が叫んだ。

「メインエンジン破損。各種武器システムも作動不能です」光弘は冷静に言った。「まもなく墜落します」

「大阪湾か琵琶湖に着水できないか？」

「無理ですね。距離的に使えそうなのは宇治川か淀川ですが、ビートルが着水するには川幅が狭過ぎます」

「では、ビートルは目の前の田んぼに墜落させろ。乗組員は全員ビートルから離脱しろ」

「了解！」

パラシュートを装着しようとしているとき、光弘は嵐にアタッチメントを手渡した。

「嵐、これを持っていってくれ」

「無重力弾か？」

「これは最後の手段だ。僕よりも君の方が腕がいいから、その時が来たら撃ってくれ。撃つタイミングは僕が指示する」

「俺にだって撃ち時はわかるさ」

「いや。この一発しかないんだ。必ず僕の指示で撃ってくれ。ウルトラマンFを、いや富士隊員を守れるのは、この弾しかないんだ」

「わかった」嵐は頷いた。「おまえの指示があるまで、スパイダーショットで戦うことにするよ」


四人の隊員たちは数キロの間隔で地上に降り立った。

「こちら、村松。現在地は宇治川観月橋付近。宇宙恐竜は北に向かって移動中の模様」

「こちら、嵐。現在地は伏見港公園付近」

「こちら、井手。現在地は宇治川公園付近」

「こちら、富士。現在地は伏見区役所付近。宇宙恐竜はこちらに向かって移動中」明子はここで一呼吸置いた。「キャップ、変身許可願います」

「もう少し待ってくれ。全員がそちらに向かうのには十数分かかる」

ハイパーゼットンは暗黒火球を伏見の街に撃ち込んだ。街は一瞬で火の海となり、炎は瞬く間に際限なく広がっていった。

「その十数分で京都は壊滅してしまいます」

「富士君」光弘は通信しながら走っていた。「あと、一、二分で国連の超音速輸送機が到着する。それまで待つんだ」

「もうウルトラアーマーは残っていないはずよ。わたしがやるしかない」

「無茶はよすんだ」

「井手さん、わたしが変身しない方がよっぽど無茶だわ。わたしが変身しなければ万が一にも勝ち目がない。でも、変身すれば、まだ望みはあるわ」

「変身するのは、確実に勝てると確信が持てたときだけだ」

「キャップ、もう一度言います。宇宙恐竜はすでに伏見の街の主要部を焼き尽くしてしまいました。あと一〇秒後には南区も同じ運命です。京都市の北部はまだ住民の避難が完了していません。どうか変身許可願います」

「……許可する」村松は苦しそうに言った。

光弘は炎の中に光柱が立ち、その中央にウルトラマンFが出現したのを目撃した。

光弘は走りながら、ハイパーゼットンに対して、スーパーガンを発射した。だが、距離が遠すぎて一発も命中しない。

ハイパーゼットンはFに気をとられているためか、光弘の方を一瞥もしない。

Ｆは胸の前で両腕をＸ字の形に交差し、そのままくるくると回転を始めた。

Ｆから泡が連なった形状のリングが次々と飛び出し、ハイパーゼットンの頭から胴体に嵌り、そのままハイパーゼットンを縛《いまし》める形になった。

身動きのとれなくなったハイパーゼットンは火球をＦの足元へと発射したが、Ｆは回転を止めなかった。

ハイパーゼットンは突然腕を広げ、泡のリングを一瞬で断ち切った。

衝撃でＦは地面に倒れた。だが、すぐさま大地を転げ、立ち上がりながらも光輪を発射した。

ハイパーゼットンはバリヤーを張り、光輪を弾き返した。

「ダッ！」Ｆは瞬時にハイパーゼットンの至近距離まで近付くと腹部を殴った。だが、全くダメージを受けていないようだった。

ハイパーゼットンは剣状となった拳でＦを殴った。Ｆは弾き飛ばされ、炎の中を転げまわった。

それでも、Ｆはなんとか立ち上がり、ハイパーゼットンに立ち向かう。

ハイパーゼットンは姿を消したかと思うと、突然Ｆの背後に現れ、素早くパンチ攻撃を繰り出した。

Ｆが振り向くと、またもや姿を消し、その背後に現れ、キック攻撃を行った。

攻撃の度にＦは体勢を崩すが、なんとか立ち上がると、両腕を十字の形に組んだ。

Ｆは光線を発射した。

だが、ハイパーゼットンはそのすべてを吸収した。

その時、上空を超音速輸送機が近付いてきた。

「バルンガイージス、投下！」光弘は無線機に向かって言った。

巨大な何かがＦ目掛けて落下してくる。

ハイパーゼットンは両手からＦの胸を目掛けて、光線を発射した。

落下してきたバルンガイージスが光線を遮り、完全に吸収した。

ハイパーゼットンは光線を発射したまま暗黒火球をバルンガイージスに放った。

バルンガイージスは暗黒火球をも吸収した……かに見えたが、突然赤く輝き、さらに一瞬後に白熱光を発し始めた。

しまった。本物のバルンガなら、吸収したエネルギーを細胞の増殖に振り分けるんだが、無機物のイージスではエネルギーの貯蔵には限界があったんだ。空中の元素から化学物質を作ってエネルギーの捨て場を作るなどの仕組みを考えておくべきだった。

光弘は歯噛みした。

だが、すでに時遅し。バルンガイージスは二発目の暗黒火球を受けて、爆発してしまった。

ハイパーゼットンはさらに三発目をＦに向けて発射する。

Ｆは姿を消し、数百メートル離れた場所に現れた。

テレポーテーションだ。

だが、ハイパーゼットンもすぐにFの近くに瞬間移動する。

Fは攻撃しようとするが、ゼットンはさらに瞬間移動を繰り返し、その攻撃を避け続ける。

宇宙恐竜もウルトラマンFもテレポーテーションができるのは同じだ。だが、宇宙恐竜のテレポーテーションは明らかにスパンが短い。Fは一度テレポーテーションを行うと、五〜一〇秒の休止が必要となるが、宇宙恐竜は一秒間に何度もテレポーテーションを行うことが可能なようだ。

カラータイマーが点滅を始めた。

ハイパーゼットンは暗黒火球を連射した。

Fは火球を避けるのに必死でハイパーゼットンに近付くこともできない。さらに、ハイパーゼットンは次々と居場所を変えるので、Fは攻撃対象が摑めず、右往左往する形になってしまっている。

「こちら嵐」通信機から嵐の声が聞こえてきた。「Fの残り時間はあと三〇秒だ。この最後の無重力弾を発射するぞ」

「待つんだ、嵐。その弾は今発射してはいけない」

「しかし、おまえが用意していた秘密兵器の盾は爆発しちまったぞ。もうこれしかないだろう」

「イージスは切り札じゃない。とにかく、まだ弾は使わないでくれ」

「了解した。しかし、もう本当に手遅れになっちまうぞ。あと二〇秒を切ったぞ」

そう。あと一〇秒かそこらで、Ｆが宇宙恐竜を倒せる可能性は限りなくゼロに近い。このまま時間切れになれば、光弘の作った熱原子Ｘ線自動発生装置が無理やりにＦの変身を解いてしまうことになる。

だが、光弘は確信していた。このまま時間切れになれば富士隊員は光弘の最も恐れている行動をとるだろうと。

光弘は明子がヒーローになることを望んでなどいなかった。しかし、彼女は光弘の思惑を超えた完全なヒーローなのだ。

Ｆは一〇個以上の光輪を発生させ、ハイパーゼットンに投げつけた。

だが、ハイパーゼットンはそのすべてをキャッチし、Ｆに投げ返した。Ｆは身体を反らして避けようとしたが、何個か被弾してしまった。

あと三秒。

Ｆは光弘の方を見た。

光弘は首を振った。「駄目だ、富士君！」

ごめんなさい、井手さん。

あと一秒。

「ジュワッ！」Ｆは光輪を一つ発生させ、胸のカラータイマーを抉《えぐ》るように破壊した。

「井手！」嵐の絶叫が聞こえた。「おまえがちゃんと無重力弾発射の指示を出さないから、富士隊員が無茶をしちまったじゃないか！　もう終わりだ」

「いや。本当の戦いはこれからだ」

ウルトラマンFのカラータイマーは初代のそれとは違い、活動限界を示すものではない。それは後戻りすることができなくなる限界を示す警報機に過ぎない。明子はハイパーゼットンを倒すため、変身自動解除装置であるカラータイマーを自ら破壊したのだ。だが、三分を過ぎると、明子の細胞の変異は加速度的に進み、もはや熱原子X線の力では、元の状態に戻せなくなってしまう。

ハイパーゼットンの攻撃は執拗に続いた。

Fは着実に暗黒火球を避け続けた。時間制限がなくなったため、動きから焦りは完全になくなった。すでに悟りの境地にあるかのようだった。

光弘は時計を見た。

限界突破から三〇秒たった。そろそろ何かの変化が起こってもおかしくない。

「ウウウ!!」Fの声質が変化した。

全身、特に上半身を中心に様々な大きさの結晶のような突起物が生えてきた。きらきらと輝き、F自体も少し大きくなったようだ。カラータイマーが破壊された部分には大きな裂け目のようなものが残った。それ自体が青白く発光しているため、特大のカラータイマーのようにも見える。

「あれがウルトラマンFの真の姿なんだ」光弘は呟いた。

Fは巨大な光球を胸の前に作りだし、それをハイパーゼットンに対し、押し出すように放出した。

ハイパーゼットンは慌てて、暗黒火球を発射する。

両者は空中で激突し、巨大な球電となり、数平方キロメートルの範囲に無数の稲妻が落下した。

一瞬動きを止めた後、ハイパーゼットンは矢継ぎ早に暗黒火球を射出した。

だが、Fもまた高速で光球を発射し、すべてを相殺した。

激しい電撃で、京都盆地の中を雷鳴が何十秒も響き渡った。

ハイパーゼットンは姿を消した。Fの背後に現れ、攻撃をしようとしたが、Fはさらにハイパーゼットンの背後に現れ、強烈なパンチを見舞った。

だが、ハイパーゼットンもまた姿を消したため、そのパンチも空を切るばかりだった。

ゼットーン！　ゼットーン！

両者ともテレポーテーションと超音速の高速移動を繰り返しながら戦っているため、人間の目でそれを追うことは殆ど不可能になっていた。

「井手、こんな状態で無重力弾を撃つタイミングはあるのか？」嵐が自信なげに言った。

「大丈夫だ。だが、まだ撃たなくていい」

「こちら迫水」迫水が通信に割り込んできた。「こちらのビートルの整備が終わった。村松班を回収するので、その場に待機してくれ」

ウルトラマンFとハイパーゼットンは戦いながら、少しずつ北上を続けていた。

迫水班のビートルに乗り込むと、光弘はディスプレイに京都の地図を映し出した。

「このまま北上すると、Fと宇宙恐竜はまもなく東寺の境内に到着します」

ハイパーゼットンの暗黒火球は容赦なく発射され、Fの光球で相殺されながらも歴史的建造物群に多大な被害を与えていた。

「国宝だろうが、世界遺産だろうが、おかまいなしだな」村松はにがにがしく言った。「どうして、Fはわざわざこんなところを通っているんだろう？」

「そうかわかったぞ」光弘は地図を見ながら叫んだ。

「何がわかったんだ？」

「Fの作戦です。Fと宇宙恐竜の力はほぼ互角です。勝つためには一瞬の隙を作る必要があるんです」

「東寺で戦えば隙が作れるのか？」村松が尋ねた。

「我々もFの手助けをしましょう。迫水隊長、宇宙恐竜をJRの線路の向こうに誘導できますか？」

「新幹線やら在来線やら結構な数の線路があるが大丈夫か？　あの上を通ったら確実に破壊されるぞ」

「人類の存続が懸かってるんだから、壊しても許して貰えるでしょう」

「よし。やってみるか」

ビートルは梅小路公園の上空に滞空し、マルス133でハイパーゼットンを挑発した。

ハイパーゼットンはマルス133の光線をものともせず、線路を飛び越えて、ビートルを追ってきた。

「いい具合です」光弘は言った。「次はこのまま東に誘導してください」

「そっちの方には西本願寺や東本願寺があるが……」迫水は心配そうに言った。

「大丈夫です。そっちの方ではなく、京都タワーの南辺りに誘導してください」

いつの間にかウルトラマンFも河原町付近に立ち、向かってくるハイパーゼットンに対峙していた。

ビートルは京都タワーの南側からさらにマルス133でハイパーゼットンを攻撃した。

ハイパーゼットンはビートルに向かって進みだした。

「今です。Fの方に向かって逃げてください。ただし、あまり離れるとテレポーテーションで追ってくるかもしれないので、付かず離れずの間隔でお願いします」

ハイパーゼットンは京都駅の北側に到達した。

突然、足元が崩れ、ハイパーゼットンはバスロータリーの上に倒れた。さらに地面が崩落し、ハイパーゼットンは地下に沈んだ。

「今だ！　富士君！」光弘は叫んだ。

「オオオオオオ!!」

Fは光球を発射した。

ふいを突かれたハイパーゼットンはバリアーで防ぐことも暗黒火球で相殺することもでき

ず、まともに光球を喰らった。

「あれは何だ？」嵐が尋ねた。

「ポルタ——京都市唯一の大規模地下街です。市役所の近くにもう一つ地下街を作る計画もあるらしいですがね」

ハイパーゼットンは動きを止めた。

Fはハイパーゼットンを激しく蹴り上げた。

ロケットのようにハイパーゼットンは打ち上げられた。

空気を切り裂き、あっという間に成層圏に達する。

ハイパーゼットンは翼を広げ、なんとかバランスを取ろうとした。

そこへFが急上昇してきた。

Fの拳はハイパーゼットンを打ち砕き、無数の光の粒子に還元した。

「パターン・ゼットン、完全消滅しました」光弘は宣言した。

京都の街にウルトラマンFがゆっくりと降下してきた。京都タワーに並び立ち、ビートルに頷いた。

これでよかったのよ。

「いや。絶対によくない」光弘は言った。「嵐、今こそ例の弾を撃つときだ」

「何を言ってるんだ？　宇宙恐竜はもう吹き飛んじまったぜ」

「あの弾は宇宙恐竜を撃つためのものじゃない」

ビートルに装備されたスーパーガンから特殊ウィルス弾がウルトラマンFに向けて撃ち込まれた。

最初は何も起こらないかのようだったが、数秒後Fに変化が生じた。カラータイマー様の裂け目が赤く点滅し始め、そのまま跪いた。

「アアアアアア！」

「井手、大丈夫なのか？　苦しんでいるようだが」

「あのウィルスはベクターとなり、ウルトラマンFの細胞に侵入する。ひとまずウルトラマンとしての組織を破壊することになるので、苦しませてしまうことになるんだ。すまない、富士君」光弘は唇を噛んだ。

光弘はビースト・ザ・ワンの他の生物の遺伝子を取り込む特性に注目したのだ。その特性をウィルスに組み込み、明子の一卵性双生児の姉・江戸川由利子《えどがわゆりこ》のゲノムを取り込んだのだ。ウルトラマンFの細胞は由利子のゲノムにより、再構成される。そして、それは元の明子の細胞そのものになるはずだ。

光弘は念の為、試作したウィルス弾の一つを科特隊からインペイシャントの研究施設に持ち込んだ無重力弾に紛れ込ませておいたのだった。研究施設にあったウィルス弾はすべてゼットン星人により破棄されてしまったが、無重力弾に紛れ込んでいたたった一つのウィルス弾は科特隊の手に戻ることになった。

ウルトラマンFの動きが止まり、カラータイマーも消えた。結晶化が急速に進み、ぼろぼろと細かい結晶となって崩れ落ちていく。

これはウィルスが効いている証拠なのか？　それとも、巨大フジ隊員の肉体のウルトラマン化が限界に達して、ついに崩壊してしまったのか？

光弘にはどちらとも判断が付かなかった。

ビートルはFの近くに着陸した。

すぐさまFに走り寄ろうとする光弘を村松と嵐が止めた。

「今近付くのは危険過ぎる」

「危険なのは、僕ではなく富士隊員です」光弘は二人を振り切り、走り出した。

二人も慌てて後を追った。

Fの肉体はすっかり崩れて、高さ二、三〇メートル程の結晶体の小山になっていた。

この中に埋まっていたら、富士君が危険だ。

光弘は山に近付き、裾野に触れた。

その瞬間、山を構成していた結晶体の欠片は突然周囲に広がり、山が急速に低くなった。

山の中央部に人影が見えた。

光弘は結晶体の欠片の中を走り、明子の身体を掘り出した。結晶体を押し退け、アスファルトの上に横たえる。

胸に耳を当て、鼓動を探る。

何も聞こえない。

光弘はすぐに心臓マッサージを始めた。

村松、嵐、迫水たちも駆けつけてきた。

光弘は懸命に救命措置を続けた。

三〇秒ごとに鼓動を確認するが、確認できない。

三分が経過した。

明子の顔色は酷く蒼ざめていた。

五分が経過した。

「畜生！」光弘は泣いていた。

「俺が代わる。少し休んでいろ」嵐が光弘を突き飛ばすようにして、明子から引き離した。

光弘は泣きじゃくり、地面を叩いた。「僕の判断ミスだ。宇宙恐竜なんか放っておいて、彼女の変身を強制的に解除すればよかったんだ」

「井手、泣くな！　おまえの判断は間違ってなんかいなかった。おまえと富士君が人類を救ったんだ」そういう村松も泣いていた。

一〇分が経過した。

明子の顔は生気はなかったが、一際美しかった。

「畜生！　俺がバルタン星人にでも何にでもなって戦えばよかったんだ」嵐も泣き出した。

鼓動は戻らない。

嵐は心臓マッサージを止めた。

もう誰も代わろうとは言わなかった。

光弘は地面の上に蹲《うずくま》った。

全部、僕のせいだ。僕には富士隊員を助けるチャンスは何度もあったのに、結局彼女を助けることはできなかった。

彼女が何かの切っ掛けで巨大化してしまうことは予想できたはずなのに、それを防ぐ手段を講じなかった。彼女を巨人兵士にしてはいけない理由はいくらでも思い付けたはずなのに、彼女のアーマーを製造する手助けをしてしまった。ウルトラマンになった彼女を変身させない方法も検討しようとしなかった。彼女の意思を尊重するあまり、強制的な変身解除措置をとらなかった。そして、今僕の未熟な発明のために彼女は掛け替えのない命を落としてしまった。

「井手、それは違う」早田が言った。

なぜ、早田がここにいる?

光弘は顔を上げた。

村松も嵐も迫水と彼の部下たちも全員が硬直していた。まるで時間が止まったかのようだった。

「君は君のできること、やるべきことをやった。何も間違っていないし、誇るべきことだ」

早田は言った。

「あなたが早田であるはずはない」光弘は言った。「以前にもあなたはその姿で僕の前に現れた。あなたは……ウルトラマンですね」

早田は頷いた。その姿はウルトラマンのそれへと変化した。

「あなたは地球を離れたと思っていました」

「君の認識は正しい。わたしは地球を離れた」

「では、また地球に戻ってきたのですか？」

「正確に言うなら、戻りつつあるといった方がいいかもしれない。まだ本体は到着していないから」

「ということは今わたしと話しているのは、あなたの幻か何かですか？」

「別の場所に存在するもの同士が時空を超越して対峙してはいけないということだろうか？」

「しかし、そんなことは物理学的に……」光弘は言い淀んだ。「そうでした。あなたはウルトラマン。物理法則にはとらわれないのですね」

「まさか、そんなことはない。わたしだって物理法則を超越することなど不可能だ。ただ、君たちの知らない物理法則を利用しているに過ぎないのだ」

「あなたは僕を慰めるために姿を現したのですね」

「わたしが君を慰める必要はない。君が行ったことは正しいのだから」

「わたしは人類がまだ触れてはいけない領域に手を染めてしまったのです。それが結果的に富士隊員にウルトラマンの役割を演ずることを強制することになってしまいました」

「井手、人類が触れてはいけない領域などないのだよ」

「いいえ。人類はあなた方ほど成熟していない。科学を正しく扱うことができないのです。人類は一足飛びにここまで来てしまったのです。本来は順番を踏んで進歩すべきだったのです」

「君は我々が入念な準備をしてから進歩したと考えているのか？」

「そうでしょう。我々のような存在がウルトラマンになるためには、気が遠くなるほどの時間が必要なはずです」

「井手、我々の秘密を教えよう。ほんの二六万年前、我々は地球人とほぼ同じ姿をしていたのだ。そして、極めて短期間のうちに我々はウルトラマンとなった」

「なぜ、そんな急激な進化が起きたのですか？」

「ある種の事故が起きたのだ」

「事故？」

「地球人における太陽に相当する恒星が爆発してしまったのだ。その大災厄を何とか生き延びた我々の祖先は重大な危機に直面した。太陽なしで生命を維持することは不可能だったのだ。われわれの科学者たちは人工の太陽であるプラズマスパークの開発に成功した。我々の故郷は再び光に包まれたのだ。そんな時に事故が起きた。二人の研究員がプラズマスパークから放射されるエネルギー線であるディファレーター光線に被曝してしまったのだ。このような事故は前例がなく、二人はすぐに死亡すると思われていた。ところが、奇妙なことに彼らが死亡することはなかった。それどころか、彼らは奇妙な超能力を使えるようになったのだ。巨大化でき、破壊光線を照射し、空を飛び、変身し、他者との融合までできるようになった。彼らが我々の種族で最初のウルトラマンたちだ」

「つまり、あなたがたの種族も富士隊員のように偶然ウルトラマンになってしまったというのですか？」

「その通りだ。我々の祖先はディファレーター光線を浴び続け、いつしか全住民がウルトラマンへと変異していった。意図的に人工進化でウルトラマンになったのではない。我々は望まずにウルトラマンとなったのだ」

「俄《にわ》かには信じられません」

「君たちには信じ難いかもしれないが、それが真実だ。我々はウルトラマンになろうとしてなったのではない。ウルトラマンになってしまったのだ。だが、我々はその運命を受け入れた。ウルトラマンになったからにはウルトラマンとして振る舞うことにしたのだ」

「ウルトラマンとしての振る舞い？」

「単に肉体が持つ能力や出自によってウルトラマンになるのではない。正しい行いによりウルトラマンとなるのだ。ウルトラマンになった君の仲間と闇の巨人になった子供たちとの違いはそこにあるのだ」

「つまり人類はウルトラマンになる可能性も闇の巨人になる可能性も秘めているという

ことでしょうか？」

「人類よ、心するのだ」

「ウルトラマン、我々を見捨てないでください」

「我々は絶対に見捨てない。あの子供たちの悪戯のせいで、ザギ以外の危険な種族の棲む宇宙への経路が形成されてしまった。わたしは兄弟たちと共にそれらを封鎖する任務を帯びているのだ」

「闇の巨人のような存在が他にもあるというのですか？」

「ゴーデス、ガタノゾーア、スフィア、根源的破滅招来体、カオスヘッダー、グラキエス、ダークルギエル、グリーザ、マガタノオロチ——この地球に侵入しようとしているものたちだ」

「すべて侵略者たちなのですか？」

「侵略の意図を持っていないものもいる。悪意すら持たないものもいる」

「悪意のないものとも戦わなくてはならないのですか？」

「伝染病の病原体にも、自然災害にも悪意はない。だが、我々はそれらに対峙しなくてはならないのだ。いつか戦いがなくなる未来が訪れるその時まで」

「彼らのこの世界への侵入は阻止されるのですね」

「そうだ。ただし、すでにこの世界に到達してしまったヤプールはいつかまた侵入を企てるだろう。だが、絶望することはない。我が兄弟の一人が君たちと共に戦うことになる」ウルトラマンの姿は揺らめいた。「わたしはもう行かなくてはならない。古い友が待っている」

「人類の苦難の時代はまだ続くのですか。そして、富士隊員のような犠牲者はこれからも生まれてくるのですか」

「人類が進化するためには苦難を受け入れなければならない。だが、君に一つ伝えておかなければならない。君は誤解している。彼女は死んでなどいない」

「えっ？」

ウルトラマンの姿はもうなかった。

「うわぁー!!」嵐は、明子の心臓に衝撃を与えるため、スパイダーショットを彼女の胸に叩き付けた。

明子は咳き込んだ。

全員が緊張し、次の瞬間歓声が上がった。

「富士君、大丈夫なのか?!」光弘は尋ねた。

「当たり前じゃない」明子は苦しげに咳き込みながら言った。「わたしはウルトラマンなのよ。絶対に死なないから」

「よし。すぐに彼女を病院に運ぼう」村松が言った。

明子は非常用の布製担架に乗せられ、嵐と光弘が持ち上げた。

「痛たたたたっ」

「大丈夫か？」嵐が言った。

「なんか、あばら骨が折れたみたい。ちゃんと丁寧に扱ってくれた?」明子が言った。

「も、もちろんさ」嵐は目を逸らした。

光弘の口から笑い声が漏れた。自分でも不思議な気分だった。そして、明子を安心させてやらなければと思った。

「さっき、自分がウルトラマンだと言っただろ」

「ええ」

「でも、もう安心して休めばいいんだよ。君はウルトラマンじゃなくなったんだから」

明子は澄んだ瞳で光弘を見詰めた。

「いいえ。わたしはウルトラマン……ウルトラマンFであり続けるのよ」

光弘は明子の瞳に輝く炎を見た。

夜空に星が一つ現れた。
だが、誰もそれに気付かなかった。
三〇〇万光年の彼方より戻ってきた星はゆっくりと地上に降りてきて、古い友の元へと向かった。

早田は昏睡から目覚めた。
今はもう全部覚えている。

僕はヒーローだ。

了

巨大フジ隊員のこと

小林泰三

小説を書くとき、最初にすることはテーマを決めることだ。今回の場合、そもそもがコラボ企画なのだから、大きなテーマは決まっている。もちろんウルトラマンだ。

『ウルトラマン』はわたしの原点となる作品だ。もちろん、『鉄腕アトム』や『鉄人28号』といったアニメ作品もわたしの人格形成には大きな影響を与えてきた。だが、『ウルトラマン』の衝撃はそれらの比ではなかった。

とりあえず、怪獣なのである。体長が六〇メートルだの八〇メートルだの、とにかくやたらにでかいのだ。六〇メートルの怪獣がどれだけでかいかというと、だいたい二〇階建てのビルに相当するらしい。そんなものがすぐ近くを歩くと想像するだけで、鳥肌が立つ思いだ。怪獣と通常生物との大きな違いは炎や光線やガスなどを放出することだ。もちろん、レッドキングやゴモラのようにあくまで肉弾戦メインの怪獣も少なくはないが、生身の肉体で鉄筋コンクリートのビルを破壊する強靭さからは人類が知っている物理学を超えた特別な現象が起きていることが実感できるのである。また、バルンガやブルトンのような地球の生命とは全くかけ離れた怪獣に至っては、わたしにはその魅力に抗う術すらなかった。

　さらに、主役であるウルトラマンである。その形態は従来の怪獣や宇宙人とは全く違う洗練されたものだった。怪獣は海棲哺乳類や河馬のようにでっぷりとしたフォルムのものが多いが、ウルトラマンはほぼ人間と変わらないスタイリッシュな外見であった。その表皮は毛でも鱗でも甲羅でもない。銀と赤の二つの色を持つ金属とも生体ともつかぬ不思議な物質に見えた（現在、宇宙人の典型として語られるグレイの容姿は実はウルトラマンからの連想ではないかと疑っている）。怪獣はいかにも巨大生物らしく重々しくゆっくりと動いていたが、ウルトラマンはあの巨大さであるにもかかわらず、まるで人間のように素早く動くことができた。そして、特筆すべきは火炎や光線を口から出したり、目から放射するのではなく（目から放出する光線も存在はするが）、発光体らしき構造を持たない腕から発射するのだ。これもまた画期的な出来事だった。特別な器官には見えない腕をクロスさせるだけで、武器に転用できるのだ。これは驚異の超テクノロジーの産物であるのは明らかだった。さらにウルトラマンは翼を持たないのに、空を飛ぶことも可能だ。ジェット噴射すらしない。まさに魔法としか思えない超テクノロジーだ。超テクノロジーの描写は他にもいくつかあるが、その最たるものは人間体からの変身だろう。数秒間で身長が二〇倍以上になる。体積としては、一万倍以上だ。もっとものこのぐらいのことなら、現代のテクノロジーでも不可能とまでは言えない。風船のような構造であれば、内部にガスを送って瞬時に巨大化させることができる。しかし、ウルトラマンは単なる風船ではない。なんと体重が人間体の五〇万倍以上に増加するのだ。つまり、なんらかの超テクノロジーで、強固な物理法則である質量保存の法則を超越した（もしくは超越したように見せた）ことになる。当時幼児であったわたしはこの超テクノロジーにすっかり魅せられてしまったのだ。

そして、巨大フジ隊員である。ハヤタ隊員はウルトラマンに変身できるが、それは彼自身の能力ではない。謂わばハヤタ隊員と彼に憑依しているウルトラマンが互いの肉体を交換するようなものだ。つまり、ウルトラマンはふだん、それがどんな状態なのかはわからないが、物理的に外部から観測できない、実体を持たない状態になっている。反対に、ハヤタ隊員はふだん物理的に観測可能である、実体を持った状態を保っている。しかし、危機が訪れたとき、彼らは互いの存在を入れ替え、ウルトラマンが実体となり、ハヤタは実体のない存在となる。二人は命を共有しているために、同時に存在できないだけで、本質的には別々の存在だと考えることができる。ところが、巨大フジ隊員はそのようなからくりすらも超越しているのだ。彼女は人間の姿のまま巨大化する。怪獣やウルトラマンのような異質な姿になるのではない。しかも、単純に人体が巨大化したものではない。少なくとも、人間を構成する素材ではあれだけの巨体を維持することはできないはずだし、劇中で彼女は鉄筋コンクリートのビルを破壊しているし、弾丸を受けても傷つくこともない。つまり、人間の姿を保ったまま、怪獣やウルトラマンに匹敵する存在に変異しているのだ。そもそも「単純に人体が巨大化する」という言葉自体がおかしいのかもしれない。人間の身体は細胞からできているのだから、巨大化するときには、細胞の数が増えるか、もしくは細胞自体が巨大化するかだろう。しかし、細胞が増えるとしたら、全身の細胞の配置が再構成されることになる。もし細胞自体が巨大化するとなると、様々な分子からなるその内部構造自体が全く新たなものとなるだろう。細胞の構造を全く同じものにするためには、原子自体を巨大化させなくてはならず、それこそ量子力学を制御する超テクノロジーの範疇となる。いや。巨大フジ隊員の魅力はそれを実現させるテクノロジーにだけある訳ではない。その最大の魅力は美しさなのだ。もちろん、怪獣やウルトラマンにも独特な美しさがある。しかし、それは芸術的なそれであり、理念による美しさなのだ。しかし、人間の女性が持つ美しさはそれとは一線を画す。原初的な説明不要な美しさだ。多くの子供たちは巨大フジ隊員の美しさの虜《とりこ》になったことだろう。

一口に『ウルトラマン』のファンと言っても、魅かれるところは人それぞれである。ただ、概ね「怪獣派」「ウルトラマン派」「巨大フジ隊員派」の三つの派閥に分類できるのは明白だろう。わたしは三つの派閥すべての要素を持っていたが、あえて言うなら、「巨大フジ隊員派」だ。当時、毎日四、五時間は巨大フジ隊員のことを考えており、ウルトラマンと怪獣のことはそれぞれ二、三時間ぐらいしか考えていなかった。

だから、今回のテーマを巨大フジ隊員にすることはすぐに決まった。後は巨大フジ隊員を中心に物語を紡ぎあげていくだけだ。ドラマで巨大フジ隊員が登場するのは、悪質宇宙人が登場する「禁じられた言葉」の回だ。したがって、まず思い付くのはこの回の話を膨らませて、長篇化することだ。だが、これには問題がある。すでに物語の流れが決まっているため、新たなエピソードを挿入し辛いのだ。また、巨大フジ隊員は単独で登場するため、他の怪獣やウルトラマンとの絡みが描けず、見せ場がないという問題があった。

そこで、今回は物語の時間をテレビシリーズの枠外に設定することにした。テレビシリーズが終わった後の世界を描けば、制約なく巨大フジ隊員を登場させることができるからだ。今まで、ウルトラマンの最終回以降、ウルトラセブンの第一回以前を舞台にした物語はなく、その点でも空想の翼を広げやすい舞台設定である。

舞台が決まれば、次はストーリーである。

多くの怪獣や宇宙人たちは知性の有無の別はあっても、地球人類のテリトリーに突如侵入してきた侵略者としての側面は共通している。彼らの行動の理由が語られる場合もあるが、たいていの場合、地球人類は全く理不尽な暴力に曝される。理解不能な圧倒的な力を持つ未知の脅威に対し、人類はどう対峙すべきか。人類の存続のため全力で排除すべきなのか？　それとも、どんなに犠牲が出たとしても最後まで相互理解を図るべきなのか？

わたしは巨大フジ隊員と様々な怪獣や宇宙人たちとの戦いや和解を軸にしたプロットを作成した。

連載にして、十数回もあれば、充分に書きたいことを書けるだろう。わたしはそう高を括っていた。

ところがである。担当編集者から、連載は四回分しかないということを知らされ、わたしは軽いパニックに襲われることになった。これだけの回数で巨大フジ隊員の全てを描ききることができるか、自信がなかったのだ。だが、悩んでいても仕方がない。プロットに大鉈を振るい、いくつかのエピソードを割愛することにより、なんとか四回に収まる様な体裁に改造した。しかし、毎回原稿が予定より長くなってしまい、最終回に物語を詰め込む展開になってしまった。これについては、単行本化において加筆を行い、バランスを整えることにした。結果的に物語の密度が高まり、全国の巨大フジ隊員ファンの皆様にも納得できるものになったのではないかと自負している。

今は、もしタイムマシンがあれば、幼児の頃の自分に、「いつか君は大好きな巨大フジ隊員の物語を書くのだよ」と伝えに行きたい気分なのである。

《ＳＦマガジン》二〇一六年八月号掲載）

私的怪獣事典　～文庫版あとがきに代えて～

小林泰三

単行本版のあとがきで巨大フジ隊員への思いを綴ったので、文庫版ではその他の怪獣やウルトラ戦士への思いを述べて、あとがきの代わりとしたい。

古代怪獣 ゴモラ

「ウルトラマン」に登場した。前後編で登場した唯一の怪獣である。光線や火炎を使わず、肉弾戦だけで戦う非常にシンプルな戦闘スタイルであるが、尻尾攻撃の破壊力は相当なようで、ウルトラマンをほぼ戦闘不能になるまで追い込んでいる。また、切断された尻尾だけでも並みの怪獣以上の破壊活動を行っている。反面、尻尾を失うと攻撃力は急速に低下するようで、ウルトラマンも容易く倒している。ところで、ゴモラが登場したエピソード「怪獣殿下」は大阪を舞台にしている点でも異色だったが、子供たちが怪獣の存在を信じていなかったり、少年がウルトラマンの変身方法を知っていたり、ウルトラマンがベータカプセルを落としたり、大阪人が大阪弁を喋らなかったりと、いろいろな新機軸を取り入れた意欲作となっている。

因みに、ゴモラはレイオニックバースト、メカゴモラ、EXゴモラなど、様々なバージョンや変種が多い怪獣でもある。

変身人間 巨人

「ウルトラQ」に登場した。人間が着ぐるみを着るのではなく、逆に人間が衣服を脱ぐという逆転の発想で生まれた怪獣である。怪獣は異形であるという思い込みの中で、人間そのものの姿の巨大生物は逆に新鮮であった。映画では「フランケンシュタイン対地底怪獣」のように全く前例がない訳ではないが、特殊メーキャップなしのほぼ素顔で演じるのは英断であったと思う。当時の子供達には極めて強烈な印象を与えた怪獣であり、この発想が後の巨大フジ隊員に繋がっていくのだろう。

エリ巻恐竜 ジラース

「ウルトラマン」に登場した。ゴジラの近縁種としか思えないルックスである。当時は制作会社を越えたコラボというか協力関係は普通にあったようだ。もちろん、そんなことは見ている子供たちには関係ない。なにしろ、ウルトラマンとゴジラ(風怪獣)という怪獣界の二大スターの夢の競演なのだ。そして、戦いの最中、偶然にもウルトラマンがジラースの襟巻きを毟り取ってしまい、さらに外見はゴジラっぽくなってしまう。子供たちは大喜びである。

四次元怪獣 ブルトン

「ウルトラマン」に登場した。当時、わたしは「四次元」の意味を理解していなかったが、このエピソードを見ることで、なんとなく「僕たちが住んでいるのは三次元という世界で、そのすぐ傍に見ることができないけど、四次元の世界が広がっているんだ」ということは理解できた。幼児にそこまで理解させられるのだから、おそるべき番組だろう。ブルトンは人型でも獣型でもない異様な姿をしている。穴の開いたいくつもの突起が付いた巨大なボールと言えばいいだろうか？　その突起の穴から、針金のようなものを二本だして、時空を操るのだ。ウルトラマンに倒されはしたが、その実力は侮れないのである。

宇宙忍者 バルタン星人

「ウルトラマン」に登場した。ゴームズやワルダスターの特殊部隊やサソリ軍団など、ウルトラマンシリーズ以外にも「宇宙忍者」と呼ばれる人物・種族は結構いるが、たぶん元祖はバルタン星人だと思う。初登場ではなく、再登場のエピソード「科特隊宇宙へ」での活躍が鮮烈である。第一戦ではウルトラマンのスペシウム光線をスペルゲン反射鏡で見事に跳ね返すが、ウルトラマンは光学の法則が通用しない八つ裂き光輪で勝利する。第二戦では、八つ裂き光輪対策の光波バリアを使用するが、ウルトラアイスポットにより無効化される。矢継ぎ早の超科学の応酬である。

ＳＦとはこうあるべきであるとの見本のような作品だった。

悪質宇宙人　メフィラス星人

「ウルトラマン」に登場した。たいていの宇宙人はいきなり市街地で巨大化して大暴れしたりするのだが、メフィラス星人は相当に紳士的で、合法的に地球を手に入れようとする。合法と言っても、どうやら適当に選んだ現地人が「この星をあなたにあげます」と言うだけで、契約成立のようである。劇中では未遂に終わってしまったが、実際に言ってしまったら、どうなったのかはわからない。ウルトラマンと言えど、宇宙の法律はまもらなくてはならないのか、あるいはメフィラス星人は契約を強制的に守らせるほどの戦力を保持しているのか。因みに、ウルトラマンとの戦いは途中で戦意を失い、中断しているので実力の程は不明である。ただし、ケムール人、バルタン星人、ザラブ星人を操ったり、フジ隊員を巨大化したりと、その科学力は相当なものである。実力行使ではなくあくまで相手に「うん」と言わせたいというのは、悪質というよりは変質な感もなくはない。

ゾフィー

「ウルトラマン」に登場した。今でこそ、ウルトラ兄弟の長兄として有名だが、本放送当時はそれほど印象に残っていなかった。ゼットンを倒したのならともかく、本当にただウルトラマンを迎えに来ただけだったのだから無理もない。名前も地味だったこともあって、覚えることもなかった。劇中でも、ウルトラマン自身がゾフィーのことを知らなかったようなので、M78星雲でもそれほど有名ではなかったようだ。それが後年「ウルトラ兄弟」（最初期のユニット名は「ウルトラ四兄弟」）というユニットのリーダーになったことで一躍有名になった。他のメンバーが地球での長期任務の経験者なのに対し、彼だけがそうでないのが不思議である（後年、太陽系辺境防衛に当たっていたことが明かされるが、それはユニット結成より後の時代である）。因みに、最終回のみに現れたウルトラ戦士というと、「セブン上司」と呼ばれるキャラクターが存在する。こちらは「ウルトラセブン」の最終回に登場したのだが、なぜかウルトラ兄弟には入れて貰えていない。それどころか、殆ど言及すらされない。この待遇の違いからもM78星雲光の国の神秘性に感じ入るのである。

古代怪獣ゴメス

「ウルトラQ」に登場した。おそらくジラースと同じくゴジラの近縁種だが、ジラースのようなあからさま感はない。だから、当時の子供たちは全く気付かなかった。劇中では、新生代第三紀頃に生息していた原始哺乳類で変温動物という謎の多い、かつ、ざっくりとした説明だったが、それがまた怪獣らしさを醸し出していたと言えよう。なお、ゴメスの天敵であるリトラ（こちらは、ラドンや大コンドルの近縁種らしい）は鳥類と爬虫類の中間生物で蛹の状態で発見される。この大雑把感もまた怪獣らしい。因みに、筆者はラテン系の苗字である「ゴメス」を見聞きするたびにこの怪獣のことを思い出すのである。

ビースト・ザ・ワン

映画「ＵＬＴＲＡＭＡＮ」に登場した。地球に最初に到着したスペースビーストである。人間を含め、地球上の生物を次々と取り込み、急速に進化していく。闇の巨人との関係はあまり明確ではないが、他者との融合ができるという点では、ウルトラマンとよく似た生命体であり、おそらく最強のスペースビーストだと思われる。ザ・ワンがウルトラマン・ザ・ネクストに倒された後、その肉体から諸々のビーストが誕生した。ビーストの始祖でありかつ創造主と言ってもいいだろう。すべての元凶という意味では「ウルトラマングレート」の敵ゴーデスとも共通点がある。

風船怪獣 バルンガ

「ウルトラＱ」に登場した。同じく「Ｑ」に登場した巨人とは逆に全く人間的な要素を持たない怪獣である。風船とはいっても、通常の風船とは全く違う印象である。獣の皮膚を思わせる不定形の袋に無数の触手が生えている。極めて不気味なビジュアルだが、不気味なのはそれだけではない。こいつは単純な都市破壊などは行わないのだ。自然エネルギーや人工のエネルギーをただただ吸収するのだ。基本的に武器による攻撃はすべてエネルギーによるものなので、人間の攻撃は一切通用しない。結局、人類には倒すことはできなかった。ひょっとするとウルトラマンでも倒すことはできないのではないかと思うぐらい無敵の怪獣である。子供心にも、不気味な怪獣として強く印象付けられている。

棲星怪獣 ジャミラ

「ウルトラマン」に登場した。服の首回りの部分から頭を出さず、顔だけ覗かせてみよう。これでジャミラの扮装は完成だ。ジャミラごっこでセーターを変な風に伸ばしてしまい、親に怒られてこそ、本物の怪獣好きの子供だといえよう。そんなことより、ジャミラが登場したエピソード「故郷は地球」には実に重要な意味があるのだ。ラストシーンで現れるジャミラの墓標に「一九六〇—一九九三」という年号が刻まれているのだ。この「一九九三」という年号は人間としてのジャミラの死亡年、つまり行方不明になった年とも解釈できるが、そんな小細工はないと仮定すると、「ウルトラマン」の年代設定は二〇世紀末ということになる。これに基づいて、本書の年代設定も二〇世紀末とした。

暗黒破壊神 ダークザギ・黒い悪魔 ダークメフィスト・赤き死の巨人 ダークファウスト

「ウルトラマンネクサス」に登場した。以前のシリーズでも、ヤプールのように黒幕として、主役ウルトラマンと戦った敵は存在したが、ウルトラマンと対等な存在である闇の巨人がシリーズを通して、登場するというのは初めてである（ただし、映画版のみの敵としては前例あり）。しかも、普段は人間の姿であり、心理戦のような狡猾な手法にも長けているため、仲間のいないウルトラマンネクサスは終始不利な戦いを強いられるのだ。当時の子供たちには、おそらく強いトラウマを残したのではないだろうか。なお、自分がファウストに憑依されていることを知らずにいた人物が描いた絵は秀逸なので、「ネクサス」を見る機会があったら、しっかりと鑑賞して欲しい。

異次元人 ヤプール人

「ウルトラマンＡ」に登場した。四次元人ではなく、「異」次元人なのである。彼らの住む空間は三次元ではないようだが、何次元なのかは明言されていない。四次元かもしれないし、五次元かもしれないし、さらに高い次元なのかもしれない。あるいは、七・五次元とかπ次元のように自然数では表されない次元かもしれないし、マイナス六次元とか、ｉ次元とか、負や虚数の次元かもしれない。ひょっとすると、

ℵ《アレフ》次元などのように無限の次元かもしれないし、そもそも数字で表せるものですらないのかもしれない。ヤプールが映し出されるシーンは常に画像が歪んでいて、色も異様であり、「こいつらは三次元人の感覚ではとらえることすらできないんだな」と直感的に感じることができた。単なる宇宙人ではなく、この世のものではない恐ろしさを感じさせる敵役であったが、視覚イメージが明確でなかったことによるのか、バルタン星人やゼットンに較べて知名度がやや低いのが残念である。

究極超獣 Uキラーザウルス

映画「ウルトラマンメビウス&ウルトラ兄弟」に登場した。顔を見る限り、エースキラーと近縁種である。いや、超獣はそもそもが超兵器として開発されたので、同じシリーズというべきだろうか？　エースキラーはヤプールに捉われたウルトラ兄弟から能力を奪って完成した超獣だ。ゾフィーからM87光線を、ウルトラマンからはスペシウム光線を、ウルトラセブンからはエメリウム光線を、ウルトラマン二世（当時はジャックではなくこう呼んでいた）からはウルトラブレスレットを奪ったのだ。一人だけ能力ではなく武器なのはちょっと統一感に欠けるが、初代と二世はほぼ能力が被っているので、苦肉の策だろう。上位機種のUキラーザウルスは初代、セブン、ジャック、エースが四人掛かりでも封印するのがやっとの強敵だった。ところで、超獣は怪獣とは比較にならないぐらい強い生命体という設定だったが、

「ウルトラマンタロウ」で超獣より強い怪獣が現れたため、この辺の設定は曖昧な感じになってしまった。因みに、劇中では、人々は怪獣と超獣の違いは一目でわかるようである。

変身怪獣　ザラガス

「ウルトラマン」に登場した。攻撃を受ければ受けるだけ、進化を続けるという最終回に登場しても全然おかしくない、恐るべき能力を持った怪獣である。つまり、攻撃方法を誤ると、次々に耐性を獲得し、最終的にはどんな兵器にも耐えうる宇宙最強の怪獣に進化してしまうのだ。同じタイプのイフが対処法さえ誤らなければ安全なのに対し、ザラガスは素が凶暴なだけに厄介な存在だ。倒すには進化の初期の段階で圧倒的な破壊力で殲滅してしまうしかない。戦力の逐次投入は愚策であるという見本のような事例である。もっとも、ウルトラマンと科特隊が連携に失敗し、手が付けられなくなったザラガスの最終進化形態も見たいような気がするが。

宇宙恐竜　ゼットン

「ウルトラマン」に登場した。どう見てもカミキリムシなどの昆虫と人間の特徴を持ち合わせたゼットンに「宇宙恐竜」という別名を与えたネーミングセンスは素晴らしい。通常、我々は「名は体を表す」という諺を無批判に信じ込んでしまっている。我々の脳は「宇宙恐竜」という単語に励起されて、様々な姿を想像するだろうが、たいていの人はカミキリムシの姿を思い付いたりはしない。そこにあの姿を見せられると、脳は混乱し、軽い眩暈すら覚えるのだ。さすがウルトラマンを倒しただけの怪獣である。そして、その武器は一兆度の火球である。シュテファン＝ボルツマンの法則によると、黒体からのエネルギー放射の量は温度の四乗に比例する。仮にゼットンの吐く火球が黒体であるとすると、単位表面辺り太陽（表面温度六〇〇〇度）の八溝倍（八兆倍の一兆倍の一億倍）のエネルギーを放出していることになる。つまり、火球の直径が二〇分の一ミクロンというウイルス程度の大きさでも太陽と同じ熱が放出されるのだ。そして、火球の直径が水素原子程度であったとしても、地球全土が受け取る熱の二万倍の熱を放出することになる（計算上）。物理的にどんな状態になっているかは、想像も付かないが、本気を出せば銀河の一つや二つは滅ぼせそうだ。これぐらいでないとウルトラマンには勝てないということだろう。なんとも底知れない怪獣である。

以上、好きな怪獣たちのことを筆の進むままに書いてきたが、ここで紙幅が尽きてしまった。まだまだ書き足りないが、残りは次の機会に回し、ここで一応筆を置くことにする。

本書は、二〇一六年七月に早川書房より単行本として
刊行された作品を文庫化したものです。

著者略歴　1962年京都府生，大阪大学大学院修了，作家　著書『海を見る人』『天体の回転について』『天獄と地国』（以上早川書房刊）『アリス殺し』『わざわざゾンビを殺す人間なんていない。』『因業探偵　新藤礼都の事件簿』『パラレルワールド』ほか

HM=Hayakawa Mystery
SF=Science Fiction
JA=Japanese Author
NV=Novel
NF=Nonfiction
FT=Fantasy

〈TSUBURAYA × HAYAKAWA UNIVERSE 03〉

ウルトラマンF

〈JA1346〉

二〇一八年九月二十日　印刷
二〇一八年九月二十五日　発行
（定価はカバーに表示してあります）

著者　小《こ》林《ばやし》泰《やす》三《み》
発行者　早川浩
印刷者　大柴正明
発行所　株式会社　早川書房
郵便番号　一〇一‐〇〇四六
東京都千代田区神田多町二ノ二
電話　〇三‐三二五二‐三一一一（大代表）
振替　〇〇一六〇‐三‐四七七九九
http://www.hayakawa-online.co.jp

印刷・株式会社亨有堂印刷所　製本・株式会社フォーネット社

ISBN978-4-15-031346-3 C0193

本書は活字が大きく読みやすい〈トールサイズ〉です。